Vendem-se unicórnios

ÍNDIGO

Ilustrador: LEO GIBRAN

Vendem-se unicórnios
© Índigo · 2008

EDITORA-CHEFE • Claudia Morales
EDITOR • Fabricio Waltrick
EDITORA ASSISTENTE • Malu Rangel
COORDENADORA DE REVISÃO • Ivany Picasso Batista
REVISORES • Cláudia Cantarin, Maurício Katayama e Cátia de Almeida

ARTE
PROJETO GRÁFICO • Tecnopop (Marcelo Curvello, Felipe Kaizer)
DIAGRAMADORA • Thatiana Kalaes
EDITORAÇÃO ELETRÔNICA • Exata
FONTE • FF Quadraat (Serif, Sans, Sans Condensed & Head),
de Fred Smeijers, editada pela FontShop em 1993

CIP-BRASIL. CATALOGAÇÃO NA FONTE
SINDICATO NACIONAL DOS EDITORES DE LIVROS · RJ

I34v

Indigo, 1971-
Vendem-se unicórnios / Índigo ; ilustrador Leo
Gibran. - 1.ed. - São Paulo : Ática, 2009
il. -(Sinal Aberto)

Contém suplemento de leitura e apêndice
Inclui bibliografia
ISBN 978-85-08-12051-2

1. Literatura infantojuvenil brasileira. I. Gibran,
Leo. II. Título. III. Série

08-4011. CDD 028.5
CDU 087.5

ISBN 978 85 08 12051-2 (aluno)
ISBN 978 85 08 12052-9 (professor)
Código da obra CL 736500

2013
1ª edição, 4ª impressão
Impressão e acabamento: Corprint Gráfica e Editora Ltda.

Av. Otaviano Alves de Lima, 4400 – CEP 02909-900 – São Paulo, SP
Atendimento ao cliente: 4003-3061 – atendimento@atica.com.br
www.atica.com.br

Quanto custa ser você mesmo?

Levante a mão – ou **picote o primeiro cartão de crédito** – quem nunca teve vorazes sonhos de consumo.

Quem nunca sentiu que roupa nova pode ser **sinônimo de sucesso**, integração e bem-estar, pode fechar este livro. Mas, se você for honesto, vale a pena ler a história da Jaqueline, que se transforma em Jackie, arruma uma amiga que torra sem dó a grana do cartão de crédito e acaba entrando nessa também. No começo, Jackie até percebe **o absurdo da coisa** (como uma saia pode custar o mesmo que um fogão?), mas depois, por insegurança e vontade de ter amigos, acaba entrando na onda.

Não tem nada demais em desejar comprar alguma coisa. O problema é quando o desejo passa a ser dependência. Quando a **compulsão do consumo** esconde inseguranças e medos, o jogo começa a ficar perigoso.

Vivemos na época da propaganda, da exposição, em que "gente sem atitude não é nada". E, se você não sabe exatamente qual atitude é a sua, não tem problema: ela está à venda na loja ao lado.

Além de nos transformarmos em mercadoria, o **meio ambiente também sofre**: em pouco tempo serão necessários recursos naturais de cinco planetas para sustentar o ritmo de consumo que temos atualmente.

No decorrer da história, Jackie descobre que unicórnios podem ser bem valiosos. Mas entender a si mesma e ter personalidade própria... **não tem preço**.

Não perca!

- *Uma adolescente quer deixar de ser "invisível", ter uma personalidade e encontrar sua própria tribo.*
- *Os efeitos desastrosos que o consumo desenfreado traz: além de dívidas astronômicas, é um desastre para a natureza.*

Agradeço de coração a:

Márcia Brito, que me emprestou um detalhe da sua vida

Bebel, que entende das coisas

Ao brechó "Troço sem traça", que me dava tantas ideias, e fechou...

Sumário

Capítulo 1

Garota Invisível morreu

Garota Invisível é uma impostora. Parada entre duas linhas brancas riscadas num chão de bolinhas de borracha, finge que está tudo sob controle. O chão é feito de bolinhas de borracha para que as pessoas não escorreguem. Porque se elas escorregarem e caírem, serão pisoteadas. Ninguém vai acudir. Caso a multidão esteja excepcionalmente mais gentil neste dia, e excepcionalmente não pisotear o corpo caído, dará pequenos chutes para que ele saia do caminho. O corpo vai rolar feito um tatu-bola até os trilhos e splaft.

O trem para e as portas se abrem. Garota Invisível entra correndo e se joga num banco ao lado da janela. Pronto. Não foi esmagada pelas portas automáticas. Tudo ainda está sob controle. Garota Invisível troca olhares com Garoto Presença, que desvia o olhar. Pelo reflexo do vidro, ela observa as pessoas se acomodando nos bancos opostos. Ninguém repara. Vantagens da invisibilidade. Um longo bip entediado avisa que as portas serão fechadas. Dois garotos entram voando no meio do bip. As portas não conseguem morder o bolso externo da mochila de um deles. Eles conhecem aquelas portas. Sentam-se ao lado e à frente de Garota Invisível, mas claro que não reparam nela. Falam sobre o chefe. Garota Invisível presta atenção na indicação acima das portas. Uma sequência de bolinhas brancas posicionadas em intervalos regulares sobre uma faixa verde. Acima de cada bolinha está o seu respectivo nome. Uma estação antes, ela se levanta. Durante o trajeto de quatro estações ninguém virou tatu-bola. Tudo sob controle. Garota Invisível se pergunta se essas pessoas à sua volta sabem o que é um tatu-bola. As portas se abrem e ela lê “Paraíso”. Sai. Viva. Garota Invisível sou eu.

Encosto no balcão de uma padaria para conferir minhas anotações. Um bloquinho onde escrevi passo a passo o que fazer para chegar do ponto A ao ponto B. Os postes estão cobertos de cartazes de “Faço faixas” e “Compro ouro”. As cestas de lixo, revestidas com adesivos de bonequinhas ou cachorrinhos, ficam presas nos postes. Não há placa. Ouço a voz da minha mãe dizendo para eu não dar bobeira. Penso em pedir informação, mas logo desisto. Tenho que aprender a me virar sem ficar perguntando tudo o tempo todo. Agora, esta é a cidade onde moro e onde continuarei morando por muitos e muitos anos. O mínimo que tenho de conseguir encontrar é uma bendita placa de rua. Ali está! Deixo escapar um *yeah!*. Um homem de terno cinza olha para mim, e eu imediatamente calo a minha boca. Poderia ter parado aí, mas dou um sorrisinho para o homem, o que faz com que ele erga as sobrancelhas. Ele carrega uma pasta de executivo. Volto a conferir minhas anotações e o homem segue adiante. Fecho o bloquinho com medo de ser assaltada por dar bandeira. Quem é que fica conferindo anotações a cada cinco minutos?

Resposta: eu. Todo mundo está concentrado em ir ou voltar. Ninguém nem olha para o lado, para os postes, para os adesivos em lixeiras. Não olham nem mesmo uns para os outros. Olham para os carros antes de atravessar, e só. Ninguém está aqui a passeio. São pessoas cheias de certeza.

Minhas anotações batem com a geografia verdadeira, isso já é um alívio. Entro no número anotado no papelzinho e meu telefone começa a cantar. Com licença.

Era minha mãe querendo saber se cheguei bem. Respondo que claro que sim, como se eu soubesse me virar perfeitamente bem nesta cidade doida.

Faço meu pedido. Um homem de branco segura meu queixo. Dou um sorrisinho. Ele retribui. Dois sorrisinhos vazios que me deixam um pouco nervosa. Seria bem legal se eu parasse de dar esses sorrisinhos bestas. Ele esfrega as mãos e diz um "vamos lá". Começa a conversar com seu assistente. Não sobre o meu pedido, mas sobre a possibilidade de ingressos para um show. Ele diz para eu relaxar e me chama de "coração". Não relaxo, mas fecho os olhos. Seja o que Deus quiser.

Garota Invisível se olha no espelho e se pergunta se aquele reflexo é mesmo o seu. Arruma a franja como quem não quer nada. Vendo que foi mesmo o meu braço que arrumou a minha franja, constato: sou eu. Não consigo tirar os olhos do espelho. O cabeleireiro gira minha cadeira e me entrega um espelhinho, para que eu veja como ficou atrás. Eu não me reconheceria se me visse na rua. Antes eu era aquele tipo de loira que depende do ponto de vista dos outros. Para os homens em geral, eu era loirinha, no diminutivo. Nos registros civis eu tinha cabelos castanhos. Agora eles estão pretos, tipo preto-japonês. Também estão curtos e desfiados. Têm um jeito bagunçado que não sei como vou fazer para reproduzir em casa. É uma bagunça perfeita.

Meu tom de pele mudou. Fiquei muito mais branca. Meus olhos cresceram e meu nariz diminuiu. Com estes novos cabelos, ninguém pode dizer, pelo menos enquanto eu estiver de boca fechada, de onde venho. Eu poderia ter saído de Nova York, Berlim, de uma delegacia de jovens delinquentes de Los Angeles.

— Gostou?

Nem consigo responder. Minha vontade é beijar os pés dele. Ele nem deve saber o que isso significa para mim. Ele acaba de mudar minha vidinha miserável. Quando o cabeleireiro passa as mãos nos meus ombros, eu o agarro:

— Obrigada!

E fico ali, agarrada a ele. Nem ouço mais o ti-ti-ti dos assistentes. À minha volta, tudo é silêncio. Abro os olhos e solto o cabeleireiro. Um dos assistentes está girando uma toalhinha como se fosse um pano de prato, o outro finca grampos nas pontas dos dedos, o terceiro está escovando uma peruca, mas os três estão atentos, olham do cabeleireiro para mim e de mim para ele.

— Obrigada mesmo. Eu amei.

Repito umas cinco vezes o quanto amei.

— Tão olhando o quê? Não liga pra eles não, chuchu. São uns invejosos!

E, com isso, os três caem na gargalhada. Eu fico ali, rindo um pouco para acompanhar, depois saio de mansinho em direção ao caixa. No caminho, vou buscando mais espelhos. De perfil, minha orelha fica espetada para fora do cabelo. Pareço um elfo.

Na rua, faço um esforço para não buscar minha imagem refletida nos vidros dos carros o tempo todo, e também para não entortar espelhos retrovisores ou parar nas vitrines com reflexo. Não é fácil. A garota refletida tem uma imagem forte que quer se impor. Ela quer que eu perceba que agora é ela quem manda. Peço para ela esperar um pouquinho, eu ainda não terminei.

Entro no segundo endereço das minhas anotações e explico meu segundo desejo. Quarenta minutos depois, quando volto a pisar na calçada, o chão começa a ondular sob meus pés. Diminuo o passo. O chão está fora de sincronia, o que faz com que os pensamentos mais desvairados passem pela minha cabeça. Dois pensamentos. O primeiro é que, de alguma maneira, sem querer, tomei um ácido. O segundo é que o planeta acaba de entrar numa nova dimensão e essa defasagem é apenas um *delay* decorrente disso.

Volto para a ótica.

— Lembra de mim?

A atendente me olha com uma expressão que diz: "Óbvio". Não faz nem cinco minutos que saí de lá.

— Algum problema?

— Estou me sentindo estranha.

— Sente-se um pouquinho.

Puxo uma cadeira giratória e me sento. O giro da cadeira não condiz com a sensação física que tenho do giro. Fico olhando para a cara da senhora. Ela parece não perceber nada.

— Deu tontura? — pergunta.

Estou a ponto de dizer que não sinto a mesma estabilidade que sentia antes em relação ao mundo, quando ela percebe minha confusão.

— É normal. Essa sensação passa em dois dias. É o tempo de ajuste.

Ando bem devagar em direção ao metrô. Penso no tempo de ajuste. Para os olhos, dois dias. E para o resto de mim? Enquanto ando, pé ante pé, não consigo deixar de passar a mão no rosto. Sinto uma espécie de nudez facial. Há ainda um terceiro lugar anotado na minha listinha. Depois disso, sim, a transformação estará completa.

Entro no Iguatemi.

Quando dou por mim, estou dando voltas e mais voltas e esqueci completamente o que estou fazendo aqui. Dentro de um shopping, tenho a sensação de estar no mundo do futuro, onde não há mais natureza, rios, paisagem com relevos geográficos, insetos, emoções. A humanidade passou a viver em espaçonaves brancas, de chão branco e luzes fluorescentes. Ficamos voando pelo espaço, calminhos. Este shopping é uma pequena espaçonave. Aqui encontramos todos os desejos da humanidade, cada um em sua vitrine, no seu compartimento. Um guia turístico, que é apenas voz, sem corpo, vai na frente apresentando os grandes feitos da civilização:

— E aqui temos a bolsa mais cara do planeta. Uma autêntica Louis Vuitton.

Por mais que me esforce, não consigo entender o motivo. Eu achava que as coisas realmente elegantes fossem discretas. Essas bolsas são completamente histéricas. Elas parecem gritar: "Louis Vuitton! Louis Vuitton! Louis Vuitton!", feito uma torcida de futebol. A que está bem à minha frente custa o mesmo que um carro. Ela tem um jeitão matriarcal, de mulher entediada. Uma bolsa grande e gorda com catapora tardia, salpicada de eles e vês. Não são bonitas. Elas me lembram jacas no pé, algo que Deus deixou passar.

A lojinha de maquiagem não tem nem porta. Se você se distrair, já está dentro, com um gloss na mão, como é o meu caso. Difícil acreditar que as modelos nos cartazes estejam maquiadas. Têm o visual *clean*. Você tem que saber se maquiar muito bem para parecer que não está maquiada. Essa mesma filosofia de elegância e estilo diz que basta vestir uma calça jeans caríssima, um sapato legal e uma camisetinha básica que pronto, você está chique. Não entendo a graça de ser básico se para ser básico-chique você tem que gastar um dinheirão. Com esse mesmo dinheirão daria para você se vestir de um jeito completamente diferente de todo mundo. Mas isso não seria chique.

Em algumas lojas nem tenho coragem de entrar. Tenho a sensação de que vão me perguntar o que estou fazendo ali. Claro que perguntam. Pior que isso, perguntam se preciso de ajuda.

Mas que adianta eu responder que sim? Vão me oferecer uma camiseta para acompanhar o jeans e depois uma bolsa. Vão perguntar se vi a seção de sapatos e depois a das meias. Vão oferecer cintos e colares. No balcão, vão me entregar uma amostra grátis de perfume e ainda perguntar se quero ver mais alguma coisa.

Vai ver estão certos. Vai ver, se eu conseguir uma seleção de camisetas descoladas, uma bolsa preta incrível, a calça jeans perfeita, um corte de cabelo da moda, pulseiras bacanas, um tênis legal, então, sim, vou me sentir bem. Mas esse tipo de visual miraculoso não cai do céu, assim... Nem que eu comprasse todos esses itens haveria garantia de que eu ia conseguir, pois pode acontecer muito bem de a combinação dar totalmente errado. Para ter um visual legal, primeiro você tem que ter estilo. Saber o que lhe cai bem, o que combina com a sua personalidade. Você tem que saber quem você é. Esse é o meu problema. Sou uma confusão só.

Deve ser por isso que, desde que entrei aqui, só fiquei quicando de uma vitrine para outra, feito uma mosca-varejeira. Chega! Lembro o que vim fazer aqui.

Entro na loja. Lá está o número vermelho na etiqueta: 36. Se eu entrar numa calça jeans 36, é sinal de que o objetivo foi alcançado. De nada adianta tudo o que fiz até agora se o mais importante não acontecer. O mais importante é... Respiro fundo e tomo coragem.

Puxo o zíper. Fecho o botão e solto o ar. Estou respirando dentro de uma calça 36! Ela não estourou! Dobro os joelhos, sento no chão. É possível me movimentar dentro de uma calça jeans tamanho 36! O vendedor pergunta se está tudo certo. Olha bem para a minha bunda e diz que ficou ótima. Depois diz que serviu direitinho, mas o que ele quer dizer é que eu fiquei ótima. Continuo me contorcendo até sentir que estou pronta para sair dali e começar uma nova vida, onde tudo será possível.

Andando pelos corredores do shopping, começo a me irritar com minha calça de veludo marrom e me pergunto como, até hoje, pude andar assim por aí. A cada passo a calça vai ficando mais absurda. Entro no banheiro, arranco a calça e visto minha nova roupa. Depois fico um tempão na cabine, sentada na privada, tentando acertar o momento em que as mulheres que me viram com calça de veludo marrom vão sair do banheiro.

Em frente ao espelho de corpo inteiro, dou uns pulos para ver como a franja vai se comportar quando eu sair pulando pela minha vida.

Sigo pulando para acreditar que a garota maluca do outro lado do espelho sou eu mesma. Sou eu. Passo um gloss e me beijo, deixando minha boca estampada no espelho. Garota Invisível está oficialmente morta.

Alguém se aproxima, arrumo o sutiã como se eu fosse uma pessoa no controle da situação, como se aquela cara inédita sempre tivesse sido minha, como se eu não tivesse acabado de passar pela transformação mais radical de toda a minha vida. Saio andando pelo shopping. Ando, ando, ando até que começo a me sentir novamente estranha.

Não importa o que você fizer, o shopping sempre estará anos luz à sua frente, pronto para apontar seus defeitos. Você vai perceber que ainda há muito o que comprar. Vai se dar conta da quantidade de coisas que você não tem e de como sua imagem é só um esboço daquilo que você deveria ser, se pudesse e conseguisse. Então vou embora, porque, por mais que eu goste de passear entre a seleção dos maiores desejos da humanidade, não quero começar a me sentir como um filhotinho de cruz-credo.

É ótimo voltar para a rua e ver um mar de gente mal configurada, seguindo em frente, sem a menor consciência de suas feiuras. Fico um tempinho por ali e me dou conta de que não sei qual é o melhor caminho para casa. A Faria Lima está entupida de carros que não se mexem. Enquanto aguardo o homenzinho vermelho ficar verde, reparo que tem um garoto parado ao meu lado, mas muito mais grudado do que seria normal.

Capítulo 2

Minha vida anterior

Nasci e fui criada em Holambra. Para quem não é de lá, fica difícil acreditar na sua existência. Logo na entrada da cidade você dá de cara com um moinho de vento, cercado por um impecável canteiro de cravinas organizadas por cor. São grupinhos de flores: um montinho das brancas, um arranjo de vermelhas, um outro de amarelas. Siga em frente, e você passará por um portal aos moldes de cidade medieval. Daí em diante a coisa só fica mais louca. As casas têm telhado de neve, floreiras brancas nas janelas e corações vazados nas venezianas. Não têm muro, apenas uma cerquinha. A parte da frente dos terrenos é reservada para os jardins, compostos de mais arranjos de flores e estatuetas de Branca de Neve com seus anõezinhos. Não que toda casa seja assim. Algumas trocam Branca de Neve por caramujos gigantes, sapos violeiros ou gnomos, claro. A cidade possui dois lagos. Num deles você encontrará famílias de pacas, patos e gansos. No outro tem pedalinhos. Nas ruas as pessoas falam holandês, e os parques têm nomes como *Lindenhof* e a confeitaria é a *Zoet en Zout*. Os três grandes programas anuais da cidade são uma tradicional corrida de trator, e você pode imaginar as velocidades alcançadas, a exposição de flores, emocionante..., e o Dia da Rainha. Desse eu até gosto. A gente se veste com roupas típicas, tamancões de madeira, chapeuzinho de pano triangular, saia até o pé e avental por cima. Os homens usam calças com suspensórios de florzinhas bordadas. Todo mundo fica com cara de Smurf.

O fato de eu ter nascido lá não faz com que eu ache que aquilo seja o padrão. Basta ligar a televisão para perceber que em nenhum lugar do Brasil a vida acontece como em Holambra. Desde pequena tive plena consciência de que, quanto mais a antiga colônia de holandeses tentava fazer da cidade uma reserva de vida natural, simples e harmoniosa, mais exóticos nos tornávamos. É como se ali tivéssemos duas camadas de vida. Na que você vê primeiro, é exatamente assim como falei. Na segunda, mais embaixo, você vê os condomínios fechados com sofisticados sistemas de segurança, você ouve as histórias de sequestros e assaltos. Você vê os rostos verdadeiros dos agricultores que vêm da própria terra. Você vê homens a cavalo ao lado de outros em bicicletas, voltando das plantações. Você encontra adolescentes entediados, empoleirados em torno de carros estacionados com o som no último volume. Nem cheiro de Smurf.

Meu pai é descendente de holandeses. Nos dias de festa, quando a primeira camada vem à tona, ele parece ser tomado por um espírito ancestral que andava enrustido, só esperando o chamado. Meu avô é um dos organizadores do Dia da Rainha, e se eu me recusasse a participar das danças, acho que ele morreria do coração. Minha mãe não tem nada a ver com isso. Ela é de Minas Gerais.

Quando chegava o fim de semana, meu maior desejo era ir para Campinas, onde tinha vida noturna. Mas isso envolvia conseguir carona. Vai levar duzentos anos até eu poder tirar carta de motorista. Tenho quinze. Quando conseguia carona, normalmente com garotos mais velhos, depois tinha que promover eficientes campanhas domésticas. Para minha mãe, a rodovia Dom Pedro é o corredor da morte. Principalmente de madrugada. Principalmente com jovens no volante. Principalmente depois de o seu colega tomar algumas cervejas. Enfim, para encurtar a história: conseguir permissão para ir de carona a alguma festa em Campinas era o equivalente a obter uma autorização para fazer caça submarina no Caribe.

Capítulo 3

De volta ao capítulo 1

Andando pela Faria Lima, percebo que o garoto ao meu lado está no mesmo ritmo que eu. Nem mais para a frente nem um pouquinho mais para trás. Eu o encaro. Ele me encara. Se continuar assim, logo, logo ele vai bater a cabeça num poste e cair sentado, mas ele parece não se importar com essa possibilidade. Não deve nem imaginar tal possibilidade.

— Assim você vai tropeçar e cair — digo, pois o garoto é bem, bem interessante.

Ele finge tropeçar e cair, mas dá um rodopio e se equilibra. Acho engraçado. Apresenta-se. Seu nome é André e quer saber aonde estou indo.

— Tentando chegar em casa.

— Faz tempo?

— Não. Comecei agora.

— Quer ajuda?

Este é exatamente o tipo de conversa que minha mãe diz para eu não ter com estranhos na rua. Posso ouvi-la dizendo que eu não saia por aí revelando onde moro.

— Onde você mora? — ele pergunta.

— Pinheiros.

André diz que, nesse caso, estou no caminho certo, pois tecnicamente já estamos em Pinheiros. Ele para de andar e me explica que aqui é tudo muito controverso, mas, para ele, da Rebouças para cá já é Pinheiros. Abre um bloquinho e rabisca um "Pinheiros" delimitado por grandes avenidas. Diz que se eu aprender a estrutura básica Teodoro Sampaio, avenida São Gualter, Pedroso de Morais e rua dos Pinheiros já vou ter uma boa ideia do bairro. Do jeito como ele explica, a coisa fica cristalina. Pergunto se posso ficar com o papelzinho. Ele anota um número que suponho ser seu telefone. Claro que é.

— Agora pode.

Moro em São Paulo há seis meses. Foram seis meses de preâmbulo. Era como se eu vivesse só parcialmente aqui.

Estaria mentindo se dissesse que na nova escola eu me senti como um peixe fora d'água. Um peixe nessas condições morreria e pronto. Eu estava mais para um lambari num aquário ornamental. Entrei numa dessas cavernas que todo aquário tem, lá no canto, e não saí mais. Fiquei enfurnada ali, assistindo ao desfile de peixes-dourados, fluorescentes, listados, peixes que inflavam, peixes que eu nem sabia como classificar. Nem imaginava por onde começar a pesquisa dos seus nomes científicos. Só sabia uma coisa: eu não era um deles. Todo mundo parecia ser mais inteligente que eu. Tinha certeza de que bastaria abrir a boca para passar ridículo. Todos pareciam ter personalidades definidas, como se nem fossem adolescentes, mas quase adultos, cheios de potencial, só esperando o tempo certo.

Tanto me espremi contra a parede ao lado da minha carteira, que certo dia alcancei o sublime estado de invisibilidade. Foi aí que me transformei em Garota Invisível. Sob esse disfarce, pelo menos deixei de morrer de vergonha de mim mesma. Eu ficava feito um peixe, olhando, olhando... Durante o primeiro semestre inteiro, não fiz outra coisa que observar meus colegas de classe. De lambari, passei a peixe-esponja.

Depois da escola, entrava na internet e não saía mais. Ali passei a viver tudo o que não vivia no mundo de verdade. Todas as minhas amizades eram virtuais. Meus namoros, platônicos. Minha diversão, digital.

Não que os colegas da nova escola tivessem sido cruéis comigo. Se fosse isso, seria bem mais fácil. Seria tudo culpa dos outros. Era pior. O problema era interno. Algo travou no meu sistema interno e eu grudei na parede. Essa é a única explicação para meu primeiro semestre de timidez, frustração e invisibilidade. "Não entendo. O que foi que aconteceu?", perguntava minha mãe. Eu também não entendia. "Hormônios", dizia meu pai.

Pode ser. Acho que foi mesmo uma alteração química, ou um vírus, o que invadiu meu sistema nervoso central e afetou minhas habilidades sociais. Sei lá.

Chegaram as férias de julho, e eu continuava isolada, solitária e triste. Não fomos viajar. Meu pai estava sobrecarregado de trabalho. Ficamos por São Paulo mesmo. Achei bom. Ainda não me acertei direito com a cidade. Minha mãe, por sua vez, não tem aceitado a cidade. Até antes das férias, sempre que eu queria ir a algum lugar ela ia junto. Ela não confia em São Paulo. Quando meu pai fala na necessidade de encarar as coisas, ela responde com discursos sobre "respeitar o tempo de cada um".

Meu tempo finalmente chegou. Foi no dia 7, quando fiz quinze anos. Há anos esperava por esse aniversário. Eu me imaginava sendo uma pessoa bem melhor. Bem mais interessante, comunicativa, com um namorado, um grupo de amigos legais, uma pessoa que vai a festas e shows, que tem a chave de casa e vai para Campinas quando bem entende. No mínimo, Campinas. Uma pessoa que, morando em São Paulo, fosse capaz de pegar um metrô sem morrer de medo, que soubesse se orientar pela cidade, não tivesse noias de se perder e nunca mais voltar. Nunca imaginei que, com quinze anos, estaria espremida contra a parede da sala de aula. A "peixe-esponja".

Quando saía na rua, minha mãe andava ao meu lado, e de vez em quando ela se esquecia da minha idade e pegava na minha mão! Eu era um desastre. Foi por isso que no dia 8 pulei da cama disposta a mudar a situação.

É aqui que estou, na tarde do dia 8, parada na esquina da Pedroso de Morais com a Teodoro Sampaio. Sou um pequeno X desenhado por André.

— De onde você é?

— Holambra.

— Onde é isso?

Não digo que é no interior só para evitar o maldito "orrr".

— Pertinho de Campinas.

Deu na mesma, o "perrr" do "pertinho" teve o mesmo efeito. André deu um risinho. Ele acompanha o que eu digo sem tirar os olhos da minha boca, como que enxergando, muito mais que ouvindo, minha pronúncia. Continua com o sorrisinho bobo no rosto. Acho que se eu soltar uma sequência de "porta", "porteira" e "porquês" ele vai até achar charmoso.

— Você ainda não me disse seu nome.

E aí vem a maior surpresa do dia.

— Jackie.

De onde eu tirei esse Jackie?

Capítulo 4

Vida em família

— Jaqueline, minha filha! O que você fez com seu cabelo?!

Esta é minha mãe.

— Radical, hein!

Este é meu pai.

A terceira pessoa sentada à mesa arregala os olhos, abre e fecha a boca, incrédula, atônita.

— Gostaram?

Minha mãe pede para ver de perto. Passa a mão na minha cabeça. Quer se certificar de que não é peruca.

— Eu gostava tanto do seu cabelo comprido...

— Eu gostei! — diz meu pai. — Tá com cara de ciborgue.

Não era bem isso o que eu queria ouvir, mas entendo aonde ele quer chegar. Ciborgue... É para ser um elogio. Acho.

A terceira pessoa continua sem falar, acompanha meus movimentos como se eu fosse um homem-bomba. Eu me sento à mesa e me sirvo de salada. Declaro:

— E tem mais!

— Não vai me dizer que você furou o umbigo! — diz minha mãe.

— Melhor que isso. Agora eu enxergo. Estou de lente.

— Como?

— Fui numa ótica, dei minha prescrição e comprei uma caixinha de lentes descartáveis. Não vou mais usar óculos.

Os três seguem comendo sem olhar para seus pratos. Um

longo momento de silêncio me transporta para outros acontecimentos recentes inenarráveis. Como dizer "E tem mais... conheci alguém"? Prefiro não contar sobre André, que me acompanhou até a porta de casa, pediu meu telefone e me convidou para ir ao cinema com ele amanhã, coisa que vai acontecer porque eu aceitei e já marcamos o lugar, horário, filme. Ele até desenhou um mapinha para mim. Desta vez, com direito a uma ilustração de uma garota que sou eu, com meu novo visual. Ele nem imagina que foi a primeira pessoa a retratar minha nova identidade. É novidade demais para uma pobre família.

— Essa tintura sai?

— Claro que não. Já comprei o xampu pra manutenção.

Minha mãe troca olhares com a terceira pessoa. Sei o que estão pensando, mas nem ligo.

— Você só vai comer salada?

Na travessa de vidro, duas almôndegas de carne, que são pura perdição, pedem para ser devoradas. Em qualquer outro dia da minha vida elas já estariam no meu prato, a caminho da minha barriga, que grita por elas.

— Deixei essas pra você — provoca minha mãe.

Mas, neste instante, com uma força que não sei de onde vem, recuso. Digo que vou ficar na saladinha mesmo, e mal acredito quando vejo uma das almôndegas, incrível, gorducha e suculenta, sendo conduzida ao prato do meu pai. Ele engole o primeiro pedaço e conta que aos catorze anos deixou o cabelo crescer, pegou uma tesoura e abriu buracos nas calças jeans.

— Catorze? Você andou com aquela cabeleira até os 23! — diz minha mãe.

— Ah, foi? Eu jurava que tinha sido uma coisa de adolescência...

De manhã, ao me olhar no espelho, sinto o coração sair pela boca. Dois chifres apareceram na minha cabeça. Estou mais branca que um vampiro e meus dentes parecem ter crescido. Por uma fração de segundo me esqueci da minha transformação. Desfaço os chifres. Conforme eu imaginava, depois de lavar a cabeça teria a segunda grande surpresa. Meus cabelos já estão se rebelando contra o penteado do profissional. Eles querem subir. Quanto aos dentes, isso só pode ser consequência de ter deixado de usar óculos. Antes o volume dos óculos compensava o tamanho dos dentes que, reparando melhor, não cresceram durante a noite. Menos mal. Lavo o rosto e vou tomar meu café.

De manhã demoro para engrenar, ao contrário da terceira pessoa. Ela acorda a mil. Hoje está indignada com as plantações de soja no meio da floresta amazônica. Às oito da manhã.

Sirvo-me de café. Josefa é o nome da terceira pessoa. É uma tremenda injustiça falar assim da Zefa. Até pouco tempo ela era minha melhor amiga. Era mais que isso. Era minha irmã. Quer dizer, ainda é. Só que agora ela não é mais a minha cara. Somos gêmeas. Até ontem, idênticas. Zefa de repente para de falar sobre o desmatamento e fica olhando para mim. Ela sou eu ontem. Adivinho o que ela pensa: eu não serei ela amanhã. Zefa vai descascando uma laranja com a mão bem firme. Ao final, levanta uma grande serpentina de casca que coloca ao lado do pires. Sinto o perfume cítrico tão familiar. Sirvo-me de mais café-preto. Ela corta a tampinha. Vai deixá-la por último.

Quando éramos pequenas e muito mais parecidas, a diferenciação veio por adjetivos. Zefa era a tranquila. Eu, a nervosinha. Zefa era disciplinada. Eu, a bagunceira. Zefa era cordial. Eu, a atrevida. Cresci com a impressão de que Zefa era o correto. Eu, o desvio.

Para ela, ter se mudado para São Paulo foi como ter trocado de lado na quadra. Ela joga vôlei. Jogava vôlei em Holambra, joga aqui. Quando a bola vem em sua direção, feito um meteorito, mirando em cheio o seu nariz, com imenso potencial destrutivo, Zefa rebate com um corte certeiro, marcando pontos, para alegria do time. Daí ela corre para dar tapinhas nas mãos das colegas. Uma comemoração rápida e eficiente. Um minutinho apenas, e todas estão de volta às suas posições, empinando a bunda, mãos nos joelhos, atentas para o próximo ataque.

Zefa faz um sucesso tremendo com os garotos. Ela é o tipo de pessoa que não tem problemas próprios. Seus problemas são sempre de ordem humanitária e social. Soja na Amazônia, por exemplo. Na lista de troca de adjetivos, ficaria: Zefa, a esclarecida. Jaqueline, a confusa.

— Combinou com você.

Zefa pega a tampinha da laranja que havia deixado de lado. Ela come quatro frutas por dia. Eu bebo café a rodo.

— Por que você diz isso?

Zefa responde que meu cabelo é de oposição.

— Cabelo de oposição? — Quase engasgo com o café. — Como assim?

O único cabelo de oposição que vi na vida é daqueles tiozinhos semicarecas que deixam crescer o que sobrou de cabelo, normalmente aquela parte da metade da cabeça até a nunca. Então eles passam um gel e puxam os poucos fios sobreviventes para a frente, fazendo um penteado ao contrário. Mas Zefa explica que é assim que a moda funciona, intercalando períodos clássicos com períodos de oposição. O cabelo dela (ex-meu) é um típico clássico. Não me aguento e pergunto:

— Mas você gostou ou não?

— Claro que gostei. Ficou ótimo! Ficou perfeito em você.

Zefa se ajoelha ao lado da minha cadeira, passa a mão por trás das minhas costas e aponta o celular para nós. Sorrimos. Clic. Vejo meu "antes e depois" e me alegro com a alegria que a foto transmitiu, sem que ela tivesse existido até então. Criamos uma foto alegre e ficamos alegres. "Você é aquilo que você come." Pego uma mexerica da fruteira para ver se me ajuda nas transformações internas. Acho que é disso que preciso realmente. Zefa parte para o treino de vôlei. Durante as férias, ela passou a frequentar um centro esportivo aqui perto e entrou para outro time, além do time da escola. Zefa vive em times, esteja onde estiver. O problema dos times é que eles vêm com um pouco de tudo, com gente legal e com um bando de brindes adicionais: uma gente muito chata. Como Zefa se dá bem com todo mundo, ela topa pessoas legais e pessoas chatas como se não houvesse diferença.

Tinha uma época em que eu até achava que ela era cínica.

Mas não é isso. É outra coisa. É algo que ainda não sei como explicar.

— Quer ir? — ela grita da porta. — Se quiser, anda logo que eu espero.

Tenho um pouco de vontade de ir, não para jogar. Adoraria conhecer uma turma e, se possível, entrar para ela. Não um time, mas uma turma. Talvez agora, com minha nova identidade, eu tenha melhores chances. Mas não será durante um treino de vôlei. Infelizmente. Agradeço o convite. Zefa se vai, assobiando, feliz feito um sabiá.

Capítulo 5

Muito melhor que uma turma...

André está parado em frente à porta do cinema, do outro lado da rua. Sinto meu coração disparar. Será que já estou apaixonada? Sofro disso. É como conjuntivite alérgica. Do nada, a coisa estoura. Vou dormir bem e, no dia seguinte, acordo com uma crise. Ao me ver, ele acena. Aceno de volta. Um ônibus impede que a gente continue. Aproveito para arrumar minha minissaia, que, só agora percebo, está toda torta. O ônibus dá um tranco e segue adiante. André sumiu. No lugar onde ele estava, agora tem um vendedor de chiclete.

— Oi!

André está na minha bochecha, dando um beijo estalado, sua mão em torno da minha cintura. Ele estica o braço, fazendo com que dois carrões parem para que a gente atravesse a rua e entre no cinema. Quando alcançamos a calçada, ele agradece aos carros por não terem nos matado. Eu finjo não perceber que o sinal estava vermelho para eles. Gostei de ter alguém que seria capaz de parar o trânsito de São Paulo para mim. Assim que ele tira a mão da minha cintura, começo a saltitar. Acho que por reflexo involuntário.

Japoneses vestidos de vermelho voam por um parque onde as árvores têm folhas vermelhas e o chão é um tapete de folhas vermelhas. Então, vem uma ventania e tudo fica branco. O japonês voador leva uma facada. Uma gota de sangue cai sobre a neve. Cai o corpo do japonês. Cai a espada da japonesa. A gota de sangue escorre pela pele branquíssima do japonês ferido e segue correndo pela neve, como tinta de caneta que vaza numa folha de papel. Uma lágrima rola pelo rosto da japonesa. André pega na minha mão. Eu inclino a cabeça em direção ao seu ombro. Não nos mexemos mais até o fim do filme.

No dia seguinte tomamos um sorvete que virou três. Na quinta teve uma apresentação de *hip-hop* de uns amigos dele. Depois foi minha vez de convidá-lo para um show. E foi aí que nos beijamos. No meio de uma música que passou a ser nossa.

Agora ele me liga para perguntar se estou fazendo alguma coisa. Nunca estou. Então ele me pergunta se estou a fim de fazer alguma coisa. Respondo que sim, e ele me encontra na porta do metrô, que é o meio do caminho entre as nossas casas. Pode ser que eu esteja namorando. Não dá para saber. Quando nos vemos, nossos abraços são longos, apertados e espremidos. Tem dias em que eles acabam num beijo de horas e horas. Tem dias que não. André começa a falar no meio do abraço. Um monte de palavras sai da sua boca sem que eu consiga me meter lá dentro. Na minha vez de falar, ele fica olhando para a minha boca. De vez em quando ele esmaga minhas palavras sem a menor cerimônia. Eu gosto quando ele faz isso.

Em casa, todo mundo já percebeu que algo está acontecendo. Minha mãe tem me olhado de rabo de olho quando saio. Ainda não contei para ninguém porque nem eu tenho coragem de admitir que isso esteja acontecendo de verdade. Se contar, temo que estoure feito bolinha de sabão.

Hoje André está silencioso.

— Semana que vem começam as aulas.

— Nem me fala.

— Mas não é por isso que estou chateado.

— Por quê, então?

Ele olha bem para mim, depois vira o rosto.

— Você sabe...

Não sei.

— O quê, André?

Ele não olha mais para mim. Fica olhando para as nuvens. Estamos deitados na grama, no meio do parque Villa-Lobos, onde passamos boa parte das férias. Uma bola de futebol voa sobre nós. André se ergue num salto, pega a bola e a chuta de volta. Deita outra vez ao meu lado.

Foram as melhores férias da minha vida. Estamos juntos há duas semanas. Parece um ano. Se a fada azul batesse agora na porta da minha casa oferecendo uma turma de amigos legais dentro de uma caixa com laçarote de presente, nem sei se aceitaria. Gosto de ficar com André e mais ninguém por perto. Quando a gente está junto, parece que o resto do mundo desaparece. Graças a ele começo a me virar bem pela cidade.

Boa parte do medo foi embora, pois sei que ele sempre está por perto. Ou acabei de encontrá-lo, ou estou indo encontrá-lo, ou estou esperando seu telefonema. Nunca mais fiquei sozinha no meio de uma cidade enorme, nem mesmo quando estou sozinha.

— Vai acabar. A gente não vai mais se ver.

— Eu gostaria de continuar te vendo.

Nunca antes falei essas coisas para um garoto. Mentira. Falei, mas daí o garoto entrou em pânico e se evaporou. Com André, não. Posso dizer o que eu quiser, e ele sempre aparece no dia seguinte. Isso é inédito na minha vida.

André faz um carinho no meu cabelo. Estudamos em escolas diferentes, em bairros afastados. Eu, em Pinheiros. Ele, na Vila Mariana. Depois da escola, ele tem treino de natação. Eu tenho aula de inglês de segunda e quarta. E gaita de terça e quinta.

— A gente pode se ver de fim de semana — é minha sugestão.

— Não...

— Você não quer mais me ver? — pergunto.

— Tenho uma ideia melhor.

André rola e fica de lado. Ele propõe que a gente congele o tempo. Viveríamos naquele parque para sempre. Construiríamos uma casa na árvore. Comeríamos milho no pratinho, cachorro-quente e sorvete. Usaríamos os banheiros do parque. Seríamos independentes do mundo. Não teríamos televisão ou nenhuma forma de acesso a notícias. Aprenderíamos a viver a vida natural. Mas o parque seria apenas um estágio para ganhar experiência. Depois de dois meses, nos mudaríamos para uma reserva de mata atlântica. Depois Pantanal e, por fim, Amazônia.

— Topa?

— Topo!

Capítulo 6

O vôlei e as chances que a vida nos dá

É o primeiro dia de aula do segundo semestre. Com meu novo visual, volto à escola certa de que agora estou no lado bom da quadra. Depois de passar um semestre inteiro esmagada contra a parede, não é justo que as coisas continuem do mesmo jeito. Tenho um pressentimento de que agora vai dar tudo certo. Vou começar a falar com as pessoas, vou arranjar uma turma de amigos e serei uma garota como outra qualquer, que é meu maior desejo no momento.

Acho que nunca fui boa jogadora de vôlei por acreditar em teorias como a da "compensação de justiça pelos lados da quadra". Pode parecer ridículo, mas acredito mesmo que, quando os times trocam de lado, a sorte também vira. Quem está ganhando terá que ficar muito, muito atento a partir daí. Claro que eles ainda podem ganhar o jogo. Mas isso implica lutar contra uma espécie de nuvem cor de tempestade que passa a pairar sobre aquele canto da quadra, pronta para desabar. Do outro lado da rede, no entanto, o clima fica mais leve, as bolas vêm em trajetórias mais simples. Tudo fica a favor. Por acreditar em teorias assim, sempre levei boladas no meio da testa.

Ao meu lado, Zefa segue calma e serena como sempre. Na sua visão de mundo, a quadra é igual para todos. Neste primeiro dia de aula ela está com a mesma cara do último dia do semestre passado. Ela havia cortado as pontas dos cabelos, então nem isso mudou. Zefa, a eterna. Ela cumprimenta alguns colegas que, enquanto falam com ela, não desgrudam os olhos de mim. Agora mesmo está conversando com Alexandre Gurgel, que eu considero o garoto mais gato de toda a escola.

— Jaqueline? — ele pergunta, franzindo as sobrancelhas.

Respondo com um "oi" completamente abobado.

— Quase não te reconheci!

Eu acho incrível que ele saiba meu nome. Deve saber por causa da Zefa.

— A Jackie passou por uma pequena "repaginada".

Zefa bate o quadril contra o meu e depois pisca para Alexandre Gurgel. Agora este é meu novo apelido lá em casa. Jackie. Começou por causa do André. Ele ligou pedindo para falar com a Jackie, e quem atendeu foi meu pai, que achou aquilo a coisa mais engraçada do mundo e passou a reproduzi-lo. Virei Jackie. Quando Zefa fala meu novo apelido na frente de Alexandre Gurgel, temo que ele ache ridículo. Minha vontade é de esgoelar Zefa.

— Gosto das duas opções.

— Seu bobo... — diz Zefa, e me puxa pelo cotovelo.

— Tchau, Jackie! A gente se vê por aí — grita Alexandre Gurgel.

Eu me viro para ele e vou andando de costas. Ele dá uma piscadinha para mim. Aceno e grito de volta:

— Com certeza!

Seguimos a caminho da sala de aula. Durante as últimas semanas aprendi algumas coisinhas a respeito do meu sotaque. A mais importante é que existe uma parte da cidade, conhecida como "ZL", que tem sotaque bem parecido, com pequenas variações. São os manos. O Alexandre Gurgel, ao ouvir o meu "cerrrteza", deve ter dado aquele sorrisinho achando que eu estava fazendo gracinha para imitar os manos, quando eu não tenho nada que ver com eles. Sou o que você pode chamar de um antimano. Não pertenço a movimento nenhum. Não tenho atitude. Muito pelo contrário. Vivo em constante estado de descontrole emocional. Não tenho turma. Todo mano tem uma turma enorme. Não me sinto dominando nada, nem um território nem a minha vida. Ah, a lista de antagonismos não tem fim, e você já entendeu.

Mas, voltando a Alexandre Gurgel, pergunto a Zefa desde quando ela é amiga dele. Zefa explica que ele mora perto de casa. Como é possível que o mundo seja tão simples para Josefa? Alexandre Gurgel mora perto de casa... Minha verdadeira pergunta é como ela consegue ficar amiga do garoto mais gato de toda a escola só porque ele mora perto de casa. Acho que eu não conseguiria nem se ele morasse dentro da minha casa!

Empurro Zefa para o banheiro das meninas. Assim que nos veem, duas garotas colocam as mãos para trás. Depois relaxam, estão fumando. Oferecem. Recusamos.

As meninas passam por nós e param. Apontam para Zefa, depois para mim.

— Você não era a gêmea dela?

— Ainda é — responde Zefa.

Elas saem sem dizer mais nada. De repente me bateu uma vergonha tremenda de ter me “repaginado”. Aliás, de onde Zefa tirou essa palavra?! Quero voltar a ter meu rosto de antes, meu corpo de antes, meu cabelo e meus óculos. Quero voltar a ser invisível.

Capítulo 7

De volta ao capítulo 2

Quando eu era menor, adorava ouvir meu avô contar como foi chegar ao Brasil. Vô Johan tinha a minha idade quando imigrou. Veio com a família. Cinco holandeses mortos de calor, sendo ele o caçula. Alguns parentes já estavam aqui havia três anos. Nos primeiros meses, ficaram todos na mesma casa, mas logo construíram outras. Segundo vô Johan, era tudo muito barato. E como eles estavam no meio do nada, foram tomando conta do pedaço.

Certa vez, na véspera do Natal, ouvi minha mãe comentar com uma prima que vô Johan veio ao mundo a passeio. A prima riu até as lágrimas. Eu tinha nove anos e não entendi nada. Agora começo a entender o "passeio" do meu avô. Ele está sempre à vontade na vida, no seu corpo, no universo, no tempo. É como se as coisas de fora, como moda, notícias ou fofocas, não alcançassem vô Johan. No inverno, ele sai na rua com um gorrinho vermelho de lã que mais parece uma cueca enrolada, e tudo bem. Ele nem percebe. E o que mais me impressiona é que, como ele se comporta com a maior naturalidade do mundo, ninguém repara na cueca na cabeça dele. Quando tem festa do Dia da Rainha e ele veste seus trajes típicos, com o tamancão, fica tão na boa que quem parece deslocado são os outros. Ele consegue fazer com que turistas de São Paulo arranquem seus tênis confortáveis para provar aqueles sapatos absurdos.

Por isso, num dia como hoje, quando o que eu mais quero na vida é desaparecer, lembro do admirável Johan de Groot e, decepcionada, me dou conta de que não puxei a ele.

Capítulo 8

Continuando o capítulo 6

Zefa segura na minha mão e olha bem para mim. Não preciso dizer nada. Ela lê meus pensamentos, tenho certeza. Nessas horas ela parece ter trinta anos a mais que eu. Fica mais velha até que nossa mãe.

— Não pira! — ela diz, bem devagar, como se eu fosse uma voluntária num show de mágica e ela fosse o mágico. Esta é a parte em que o mágico estala os dedos e me tira do estado de hipnose.

Um, dois, três, já. Entramos na sala de aula. Zefa senta na terceira fileira. Em vez de sentar ao seu lado, contra a parede, sento na sua frente. Ao meu lado está Rodrigo Junqueira, que não olha para a frente, mas para mim.

— Oi — ele diz.

— Oi — respondo.

Ele olha de Zefa para mim e de mim para Zefa.

— Muito louco... — é seu comentário.

Todo mundo olha de Zefa para mim e de mim para Zefa, e aí faz algum comentário. Estou nervosa, sem graça, furiosa, arrependida, eufórica, deprimida e agitada. Um pouco de cada sentimento, mas todos aqui, dentro da minha barriga. Não tem nada a ver com estado mental. O que eu sinto é um negócio no abdômen. Minha maior vontade é sair correndo. Não que eu queira sair correndo da escola. Quero continuar aqui mesmo, apesar de tudo. Se eu pudesse correr feito louca em volta da quadra, feito um diabo-da-tasmânia, até cair ou explodir, o que viesse antes, já ajudaria.

O mais difícil é não poder fazer nada, ter que aguentar a escola inteira olhando para mim sem saber como reagir. Para algumas pessoas, eu reajo com um sorrisinho abobado. Para outros, simplesmente viro o rosto e finjo que não é comigo. A única pessoa com quem converso é Zefa, a lembrança viva da minha antiga identidade, exatamente tudo o que eu não quero mais ser. Enquanto isso, Zefa leva a vida normal de primeiro dia de aula, reencontrando colegas, mantendo papinhos triviais, tudo tranquilinho, muito sossegado.

De vez em quando ela tem ligeiros ataques de euforia. Por exemplo, quando encontra uma amiga que não via desde antes das férias. Elas se abraçam e ficam um tempão agarradas, depois se soltam e dão alguns pulinhos, se abraçam novamente e seguram uma na mão da outra, fazendo uma balancinha com os braços, dizendo como sentiram saudades. Enquanto isso, e não é pouco tempo, fico parada ali ao lado, feito uma assombração. Espero a amiga dar conta da minha existência e exclamar:

— Jaqueline?! Olha só!

Daí eu explico:

— É... Cortei o cabelo.

E a amiga:

— O quê? Você está muuuuuuuito diferente.

E antes que eu consiga dizer alguma coisa, a amiga prossegue para o que interessa:

— Zefa, me conta! Quero saber tudo.

Pronto. Elas esquecem de mim, o que entendo perfeitamente. Apesar da megatransformação, continuo com dois enormes olhos esbugalhados, vendo tudo isso do ponto de vista do peixe-esponja que, no fundo, ainda sou. Entre o amontoado de sentimentos, mais um vai se aninhando. Uma tristeza com recheio de solidão. Sentada ao lado das amigas da Zefa, na mureta onde elas sempre ficam, estou voltando ao meu comportamento anterior, desbotado, pálido, e se continuar nesse ritmo, dentro de dois ou três dias estarei completamente invisível. Sim, este será o desfecho natural da minha história. Começo a sonhar com desfechos mais trágicos ainda quando, no outro lado da quadra, uma aluna se levanta, aperta o rabo de cavalo num gesto determinado e vem em minha direção. A cada passo que ela dá, o enorme rabo dos cabelos ruivos mais sedosos que já vi balança de um lado para o outro. Ela vem direto até mim. Cruzo as pernas. Descruzo as pernas.

Esse cabelo ruivo, brilhante, liso e perfeito foi uma das coisas que mais me chamaram a atenção nesta cidade. Ele muda de cor de acordo com a luz. Dentro da sala de aula fica quase castanho. Mas não um castanho normal. É um castanho enérgico. Agora, com o sol batendo em cheio, ele tem um brilho metálico e as cores de uma fogueira. As amigas da Zefa interrompem seja lá o que estão falando. Zefa olha bem para mim e eu leio seus lábios: "Que diabos?". Ela entende minha resposta: "E eu lá sei?". Zefa se volta para as amigas e elas retomam o papo segundos antes de Priscila França apoiar as mãos na mureta, pegar impulso e aterrissar ao meu lado.

— E aí?

Dou outro sorrisinho tonto, que neste dia fatídico parece ser a única coisa que sou capaz de fazer. Priscila França não tira os olhos de mim. Ela está usando a chuteira azul-calcinha que não tive coragem de comprar, de tão cara. Sei o preço exato. Tiro os olhos dos pés de Priscila França e lamento não ter comprado um par. Agora, nunca mais na vida vou poder ter uma dessas sem parecer que estou querendo copiá-la. Priscila França tem fama de ser rápida. Correção. Ela é rápida. Eu ficaria três meses juntando coragem para torrar essa grana numa chuteira azul-calcinha, e quando finalmente a tivesse comprado, já teria saído de moda e Priscila França estaria calçando outra coisa que nem consigo imaginar. Agora ela olha para o horizonte. Mas não o horizonte real, que está à nossa frente. Ela enxerga outro, um horizonte de possibilidades.

Sei absolutamente tudo a respeito de Priscila França.

Só não sei o que é verdade e o que é lenda. Três tentativas de fuga da casa dos pais, sendo uma delas bem-sucedida, tendo como destino o Rio de Janeiro. Naquela ocasião, a menor de idade Priscila França passou dez dias na companhia de um namorado carioca que, depois de brigar com ela, a abandonou na Linha Vermelha com uma nota de cinquenta reais e o celular descarregado. Verdade ou mentira? Um furto de óculos escuros, no valor de quatrocentos reais, resultando em detenção. Nessa noite, porém, Emílio França, pai da menor, encontrava-se em viagem de negócios. A senhora França, mãe da menor, não foi localizada. Fábio França, irmão mais velho, disse não conhecer a acusada, levando a mesma a passar a noite na cadeia. Verdade ou mentira? Uma festa secreta, num apartamento do Edifício Copan, no sábado, 14 de abril. Apartamento este que pertence a Emílio França e que estava temporariamente desocupado, aguardando troca de inquilinos. O uísque da tal festa, negociado pela própria Priscila França com o dono da *Love Story*, nunca foi pago. Dois dias depois, na saída do colégio, um carro preto com um homem de camisa florida pede para Priscila França acompanhá-lo. Verdade ou mentira? A misteriosa demissão do professor de matemática no final do ano passado: desentendimento com a diretoria ou assédio sexual de uma menor de idade, depois da aula, ocorrido na sala dos professores? Verdade?! Será que algum dia saberemos a real história de Priscila França?

Aguardem os próximos capítulos.

Agora, o tão esperado próximo capítulo está sentado bem ao meu lado. Priscila França não faz ideia do turbilhão de perguntas que passam pela minha cabeça.

O Edifício Copan, por exemplo, onde nunca entrei e que só vi em fotos. Sei que foi construído pelo Oscar Niemeyer e que já passou por várias fases. No começo, era superchique. Depois, virou um cortiço, agora é coisa de gente moderna com gosto retrô. Queria saber se é verdade que no mesmo prédio há apartamentos gigantes e quitinetes onde vivem travestis, e se existe serviço de restaurante, lavanderia, internet, como se você vivesse num hotel feito de apartamentos de famílias de todos os tipos. Mais importante, quero saber onde fica o tal do Edifício Copan, e se eu posso entrar lá para ver. Se posso dizer "Oi, vim visitar" sem ter que dar o número do apartamento de ninguém. Depois, tem a tal da *Love Story*, que todo mundo comenta mas que eu não tenho coragem de perguntar o que é. Algo me diz que não tem nada a ver com historinha de amor. Uma coisa é certa, não é uma casa noturna como outra qualquer. Será um puteiro? Mas, se esse for o caso, o que isso diz a respeito de Priscila França? E... se ela tem a grana que todo mundo diz que tem, por que ela roubaria um par de óculos? Será que ela é cleptomaníaca, que nem personagem de novela? Isso me leva a outra pergunta: ainda existem puteiros em São Paulo ou já foram todos fechados? Já que estou perguntando, é esse o nome que se usa ou é "casa de prostituição"? Na televisão, o dono de um puteiro famoso vivia falando da "casa" dele. Acho estranho falar "casa", mas vai ver esse é que é o termo correto. Mas a pergunta principal é: por que Priscila França está sentada ao meu lado, puxando papo comigo? O que ela quer de mim, meu Deus?!

— Sabe que sempre achei você muito misteriosa?

— Ah vá!

— Sério.

— Eu?!

— Você.

— Virgi! Eu, hein!

Passo o resto da manhã em estado de choque. Depois dessa breve conversa e do meu "virgi", que saiu assim, do nada, Priscila França esticou os braços, pegou impulso e pulou da mureta. Saiu andando com seu enorme rabo de cavalo que balançava como se dissesse adeus para mim, igual àqueles cachorrinhos que ficam nas traseiras dos táxis balançando a cabeça. O que eu quero dizer é que o rabo de cavalo de Priscila França tinha o mesmo jeito gozador desses cachorrinhos, pois na verdade eles estão rindo de você. O que estou querendo dizer é que o rabo de cavalo de longos cabelos sedosos e vermelhos zomba de mim por eu ter perdido a grande chance de me tornar amiga de sua dona.

A última aula é de literatura, que é minha matéria preferida. Correção: que é a única matéria de que gosto de verdade. O professor começa a falar sobre Kafka. Adoro ler, sempre adorei, desde os sete anos de idade, quando comecei a aprender sozinha. Quando estou com um livro é como se tudo sumisse e eu virasse outra pessoa, com uma outra vida, em outro lugar. Nessas férias devo ter lido uns seis livros, mais de um por semana. Alguns eu já estava a fim de ler, outros o André me passou. Ele também curte. No começo eu ia pelas indicações da escola, agora sei que é mais ou menos como escolher um filme. Os amigos vão dando dicas do que é legal e do que é chato. Esse professor, que agora mesmo está dando algumas informações de contexto histórico, é minha nova grande referência. Todos os livros que ele cita durante a aula, eu anoto. Quer dizer, anotava, na época da minha invisibilidade. Depois, ia correndo para ver se tinha na biblioteca. Hoje, estou com vergonha de anotar porque Rodrigo Junqueira não para de olhar para mim, e o motivo que faz com que ele fique olhando para mim é que o professor está falando sobre *A metamorfose*. Cada vez que o professor pronuncia a palavra, Rodrigo Junqueira vira a cabeça em minha direção, apoia o cotovelo na carteira e abre um sorriso péssimo. Fixo minha atenção no professor, determinada a não piscar. Mas cada vez que a palavra volta e o professor esmiúça sua teoria de por que a gente, na nossa idade, vai gostar do livro, vou me sentindo mais e mais como um inseto. Um inseto pisoteado, para ser mais exata. Rodrigo Junqueira está nas alturas. Agora ele chuta Flávio Ogura e aponta para mim, achando tudo engraçadíssimo, quando na verdade a piada é muito tonta. E, mais tonta que eles sou eu, que fico aqui, rezando para que a aula acabe logo e eu possa sair correndo para me esconder, entrar por uma frestinha das tábuas de madeira e encontrar minha turma de insetos.

Capítulo 9

Amiga 521

Assim que chego em casa, vou voando para o computador ver se chegou e-mail do André. Não chegou. Entro no Orkut para ver as caras das minhas velhas amigas de Holambra. Estão todas lá, sorridentes, alinhadas em seus quadradinhos, estáticas e distantes. Entro no msn, mas não tem ninguém legal. Visito alguns blogs, mas não encontro nada interessante. Estou para fechar o computador quando, plim!, Priscila França me adicionou à sua lista de amigos. Entro imediatamente na minha página. Ela não apenas me adicionou, como deixou um scrap: "Jackie: você é demais! Adoro. Beijo beijo".

Priscila França tem 520 amigos. Agora, 521. Respondo ao scrap sem saber o que dizer. Fico embasbacada com os recados que deixam para ela.

Como vou responder para Priscila França?

— Jaqueline, a comida está na mesa!

— Já vou!

Como eu ia dizendo: como responder a um scrap de Priscila França?

Minha vontade é dizer que hoje foi o dia mais feliz da minha vida. Ela, sim, é incrível. Quero dizer que estou superfeliz de ser amiga dela, que ela é a garota mais legal que conheci desde que cheguei em São Paulo. Melhor, desde que nasci, e que ela é uma lenda viva. Perfeito. É isso que escrevo. Mas será que estou exagerando? Não sei como responder. É melhor pensar um pouco.

Releio o que escrevi. Não, não está mal. Deleto o "desde que nasci". Fora isso, é tudo sincero: "Pri. Você é a pessoa mais incrível que conheci desde que cheguei nessa cidade. Priscila França, a lenda viva. Estou feliz por sermos amigas. Mais que feliz. Estou eufórica. Nunca vou esquecer o dia de hoje. *Forever friends*. Beijinho, Jackie".

Deleto "Nunca vou esquecer o dia de hoje". Releio. Acho bobo. Tento outra coisa. "Priscila, minha querida nova amiga. Você é sensacional. Pelo pouco que te conheço, já deu para perceber que você não é como as outras garotas desta cidade. Estou superfeliz de ser sua amiga. Sabe, eu não sou muito de turmas. E se no primeiro semestre passei boa parte do meu tempo quieta, sem falar com ninguém, é porque não tinha encontrado ninguém que me entendesse, com quem eu quisesse trocar uma ideia. Sei lá. Todo mundo me parecia muito de outro mundo. Nada a ver comigo. Mas eu sabia que um dia iria me encontrar, encontrar gente que pensasse como eu, que me entendesse. Foi genial poder conversar com você hoje. Deu pra perceber que a gente tem muito em comum. Tenho o pressentimento de que seremos ótimas amigas. De uma coisa você pode estar certa, eu te admiro muito pela sua atitude e sua personalidade. É impossível não te enxergar no meio daquele mar de gente. Isso acontece porque você é uma pessoa especial mesmo, e hoje eu pude comprovar isso. Pri, estou superfeliz de ser sua amiga. Acho que já falei isso, mas é verdade. *Forever and ever best friends*. Beijo, Jackie."

E clico "enviar".

— Jaaaaackie! O almoço está esfriando!

Zefa está terminando de almoçar. Minha mãe começa a fazer meu prato.

— Com licença.

Fazer meu prato é um jeito de enchê-lo de alimentos proibidos na minha nova dieta. Ela não imagina quão frágil é minha situação. Basta uma colherada de purê de batata para que eu perca tudo o que conquistei até aqui.

Zefa levanta e vai lavar seu prato. Quando termina, se apoia na bancada e finca os dentes numa ameixa. Minha mãe está sentada à minha frente, dobrando e desdobrando um pano de prato com pingentes que são panelinhas de tricô, autoria dela.

Minha mãe não é o que podemos chamar de mulher prendada. Ela é inventiva. Ela não vai passar a tarde fazendo torta de maçã, mas pode passar essa mesma tarde fazendo uma abelha de embalagens de ovo. Ela também não chega a ser uma artista. Está mais para uma artesã. Se bem que nada do que ela faz é tradicional. Se ela fizesse uma exposição das suas obras, teríamos aventais de tampinha de garrafa que mais parecem armaduras medievais, xícaras de cerâmica em formato de sapos gordos (você coloca sua boca nas costas do sapo), cintos de grampo de cabelo com apliques de cabelo humano. Esse foi um fiasco total de vendas. Bolsas de alça de sutiã... outro fiasco estrondoso.

— Hoje a Jackie fez o maior sucesso na escola.

— Ah, foi? Quero saber.

— Que sucesso? — pergunto.

Segundo Zefa, foi porque ninguém tirava os olhos de mim. Tecnicamente, é verdade, mas está longe de ser o que eu considero sucesso. Tem dias em que as duas me tratam como se eu fosse uma doente em recuperação. Quando comecei a namorar com o André, por exemplo. Tá, admito, é namoro. Bem, quando começamos a sair, minha mãe ficou muito mais feliz do que era de se esperar. Radicalmente mais feliz. Nem fez muitas perguntas sobre quem ele era, onde morava, o que seus pais faziam da vida, como nos conhecemos... O importante era que eu "estava com a carinha melhor".

Ao voltar para meus e-mails, encontro um do André, tão fofo. Ele quer sair na sexta-feira. Quer me ver, ir ao cinema, ficar comigo. Diz estar morrendo de saudades. Estou para responder que sim, quando chega um e-mail da Priscila França me convidando para uma festa. Pergunta onde eu moro. Já arranjou carona e tudo. Garante que a festa vai ser incrível. São dezenas de "is" no "incrível", o que me faz pensar que a festa será realmente muito boa. Respondo ao André dizendo que não vai dar para ir ao cinema com ele na sexta. Fico com um pouco de pena e acrescento um rostinho triste, porém falso. Empurro ele para sábado. Ah, sim, um pequeno detalhe: a festa é na casa de Alexandre Gurgel. Oh!

Capítulo 10

A festa das panquecas voadoras

Estou encostada em um tanque na lavanderia da casa de Alexandre Gurgel. O tanque está transbordando de cerveja, assim como eu. Agarro-me ao tanque e sigo bebendo, sorrindo e fumando. Fumando? Pois é. Antes da festa eu não fumava. Agora fumo. Não sei há quanto tempo estou nesta festa. Parece que faz uma vida. A casa é enorme e está entupida de gente. Alguns rostos eu reconheço. São colegas. Mas a maioria é gente que não sei de onde veio. Garotos de dezoito anos ou mais. Há também garotas muito mais velhas. Elas riem alto e fritam panquecas. Isso não é uma gíria nova. Elas estão literalmente fritando panquecas na cozinha. Quer dizer, são crepes franceses. Que voam pelos ares e às vezes caem na cabeça de alguém, o que faz com que todos tenham acessos histéricos de riso, levando as fritadoras de crepe a se esquecerem da chapa e terem, elas também, convulsões de riso. Elas vão se dobrando até chegar no chão, onde ficam sentadas, com os braços cruzados sobre a barriga, chorando de tanto rir. Às vezes até é engraçado, mas na maioria das vezes não é para tanto.

A chapa dos crepes fica sobre uma bancada onde estão os recheios de cogumelo, palmito, quatro queijos, salmão, chocolate e goiabada. Se bem que, a esta altura, o de salmão já deve estar com goiabada junto, e no meio do chocolate deve ter um palmito. Ai, por que estou falando disso? Não me sinto nada bem. Nada bem. Adoraria saber onde está Priscila França.

É isso que vou fazer. É o que estou tentando fazer há mais de quarenta minutos, desgrudar deste tanque e encontrar minha nova amiga, que mal começou a ser minha amiga e já desapareceu. Há também outro motivo para eu não ter desgrudado deste tanque antes. Ao meu lado, até quarenta minutos atrás, estava nada menos que Alexandre Gurgel, em carne e osso.

Primeiro ele chegou e meteu um cigarro na minha boca. Eu tirei o cigarro e disse:

— Oi.

Ele pegou o cigarro dos meus dedos e voltou a metê-lo na minha boca, pediu para eu tragar porque minha boca, segundo ele, é muito sexy. Imediatamente fiz um biquinho e inspirei pelo nariz.

— Calma, *baby*. Primeiro preciso acender.

Sei lá se por uma sincronia mágica, ou por Alexandre Gurgel ser tão incrível, na sua vida a trilha sonora entra no momento exato. Bem nessa hora ouvimos "*Come on baby light my fire*", o que fez com que ele abrisse os braços e cantasse, aos berros:

— *TRY TO SET THE NIGHT ON FIIIIIIIIIII-RE!*

A música entrou numa *vibe* psicodélica interminável. In-ter--mi-ná-vel. Alexandre Gurgel rodopiava pela lavanderia, braços abertos, isqueiro aceso, como um alucinado. Só voltava a si quando eu ameaçava tirar o cigarro da boca. Daí ele parava de rodopiar e enfiava o cigarro de volta na minha boca. Eu imediatamente fazia biquinho de boca sexy. Quando finalmente terminou a *vibe* psicodélica, ele pôde acender meu cigarro. Cruzou os braços e pediu:

— Por favor... Quero ver você fumando com essa boca sexy.

Em Holambra, num período de quatro meses, eu já tinha fumado dois cigarros, de modo que não era exatamente uma virgem no assunto, mas ainda não era experiente o suficiente para evitar um engasgo cadavérico. O cigarro aceso saiu voando enquanto eu tossia feito uma tuberculosa louca. Virei o que havia de cerveja na minha latinha e enxuguei as lágrimas.

— Tudo bem, não tem pressa. Tente novamente. Sou todo seu.

Para Alexandre Gurgel, aquilo era tão importante que ele nem riu do meu ataque. Isso me deu a determinação de que eu precisava. Traguei que nem uma estrela de cinema e recebi um beijo, que começou no meu pescoço e foi subindo devagarinho. Quando a boca de Alexandre Gurgel chegou na minha, eu já estava de olhos perdidos, procurando os dele, que estavam fechados, graças a Deus. Foi um beijo de três horas, no qual senti o gosto de todos os cigarros que ele tinha fumado, junto com cerveja, e lá no fundo, bem fraquinho, o gosto que devia ser o dele, puro, como num dia normal. Senti também sua mão apalpando minha bunda, depois subindo pela minha cintura e alcançando meus peitos, ali na lavanderia, aos olhos do festival dos crepes voadores. Afastei sua mão, que em troca afastou a minha e imediatamente voltou para o mesmo lugar. Afastei-a novamente, então ele se afastou de mim e me olhou com cara de interrogação. Eu olhei para baixo, e ele voltou a me beijar. Esse segundo beijo durou até alguém gritar:

— Gurgel! Chega aí!

Então ele tirou a língua da minha boca, deu um tapa na minha bunda, meteu a mão no tanque para pegar uma cerveja para viagem e se foi. É neste ponto que estou.

Chega. Vou atravessar a cozinha e ir atrás da Priscila.

É como atravessar a rua em dia de festa de São João. É preciso calcular bem para que uma bombinha não estoure justo na hora em que você estiver passando. Espero três crepes aterrissarem, um deles na cabeça de um baixinho invocado, e saio em disparada. Busco uma parede e vou me apoiando. A essa altura, muitas pessoas recorrem ao mesmo recurso. Alcanço a sala e, de longe, avisto Priscila. Ela está sentada no colo de alguém, só não dá para ver quem porque, além de estar sentada na pessoa, ela está cobrindo a tal pessoa de beijos. Seu cabelo é como uma cortina, o que me faz pensar que ela é como um *drive-in* ambulante, vem até com biombo para os garotos ficarem mais à vontade. Instalações discretas e confortáveis. É um pensamento cruel. Ainda não me acostumei com a ideia de que ela é minha nova melhor amiga. A cortina se abre, e lá está: Alexandre Gurgel, com suas várias mãos escalando as costas da minha amiga. Ai...

— Jackie! — grita Priscila.

— Jackie Jay! — grita Alexandre Gurgel.

Jackie Jay... Estou me sentido como uma Jackie Jaca, isso sim.

Passo o resto da festa afundada num pufe preto, ouvindo Rodrigo Junqueira falar uma bobagem maior que a outra. Ele está na outra beirada do pufe e, quando ri, me sacode inteira, como se eu estivesse numa boia no meio do oceano. Acho que é isso que chamam de ressaca. A minha começou antes de a festa acabar. Bebo uma cerveja quente e infinita. Priscila e Alexandre Gurgel seguem se beijando no meu nariz. De vez em quando, param para conversar com um ou outro que passa por ali. A poltrona onde estão acoplados é austera, de couro escuro, seus pezinhos de madeira têm unhas. Eles lembram um rei e uma rainha num banquete.

Priscila está com as bochechas vermelhas. Nunca a vi tão bonita. Está toda de preto e, de alguma maneira, parece um gato perfeitamente encaixado no lugar onde é simples e natural que esteja. Se fosse ela, passaria a vida ali. E pelo tanto que está demorando para a gente ir embora, começo a desconfiar que é exatamente isso que vai acontecer. Não quero nem pensar no que será de mim na hora que chegar em casa.

Zefa não veio. Ela tinha outra festa, de outra turma. Se ela estivesse aqui, eu não estaria afundada neste pufe, impotente e largada. Ela me daria uma mão. É só de uma mãozinha que preciso.

No meu próximo gole de cerveja, engulo a bituca de um cigarro e quase vomito em cima de todo mundo. Cuspo cerveja com cinzas nas paredes de Alexandre Gurgel, mas ele não vê, porque está ocupado fazendo outras coisas. Rodrigo Junqueira tem mais uma convulsão de risos, o que explica o breve mistério de como a latinha de cerveja na minha mão virou cinzeiro.

Capítulo 11

O dia seguinte

Nos contos de fada, depois da meia-noite, vira-se abóbora. Meigo. No meu caso é depois das três da manhã. Só que eu virei uma jaca. Agora, esta jaca está sentada na cozinha de casa, cara a cara com minha mãe, que, irônica, diz:

— A festa foi boa, hein! Você sabe que horas são?

— Uma?

— Três e meia! Que horas eu falei pra você chegar?

— A gente pode conversar sobre isso amanhã?

O chão volta a ondular, mas desta vez não tem nada a ver com as lentes de contato. Me levanto muito lentamente e tento me segurar até onde dá, mas então não dá mais e disparo em direção ao banheiro. Quando ergo a cabeça da privada, lá está minha mãe, com um copo d'água e uma toalha. Pelo menos não está me dando bronca. Sem saber direito como, vou parar na cama, viva.

— E aí? Me conta!

Zefa já acordou. Está de banho tomado, cabelo enrolado numa toalha, sentada ao pé da cama, apertando meu calcanhar.

— Calma...

Minha cabeça vai explodir. Nem que eu a enrole num lençol de casal ela vai parar no lugar. Está se contorcendo. Acho que vou morrer.

— Credo! O que aconteceu?

Minha mãe entra no quarto. Puxa uma cadeira e senta ao lado da minha cama.

— Tá melhor, filha?

— Não...

Zefa pergunta à minha mãe o que aconteceu e ela relata o festival da noite anterior. Puxo o lençol e cubro a cabeça.

— É pra ficar com vergonha mesmo — diz minha mãe, saindo do quarto.

Ouço o toque do meu celular e penso em André. Tomara que não seja ele. Abaixo o lençol. Zefa, olhos arregalados, me passa o celular. Ela nunca me viu assim. Nem eu. É Priscila. Sou tomada por uma energia súbita. Quando desligo o telefone, Zefa não está mais sentada na minha cama. Já saiu para seu treino de vôlei. Volto a me cobrir. Gostaria de conseguir me levantar, fechar a janela que Zefa deixou aberta. Um sol impiedoso faz uma tripa de luz no meio do quarto. Não consigo fechar os olhos nem mantê-los abertos. A tripa vem caminhando bem devagarinho em minha direção. Gostaria também de conseguir virar para a parede, mas cada movimento faz com que meu cérebro seja esmagado pela caixa craniana. Dentro de meia hora Priscila vai passar aqui para irmos ao shopping. Por algum milagre, consigo jogar o cobertor para longe e sair da cama. Conduzo meus restos mortais para debaixo do chuveiro e ressuscito.

Minha mãe está sentada à mesa da cozinha com uma tesoura de costura na mão. À sua frente, várias folhas de cartolina. Penso em cartões de correio elegante de festa junina, mas logo me dou conta de que esse pensamento é desvairado. Correio elegante... Nem deve existir correio elegante em São Paulo, mas, até aí, talvez minha mãe não tenha se dado conta disso.

— Já vai sair?

Digo que estou indo ao shopping com a Pri.

— Pri... — repete minha mãe.

Explico quem é Priscila França. Correção. Invento uma nova biografia para ela, uma versão melhorada e politicamente correta. Ou seja, não explico quem é Priscila França.

Dou dois golinhos no café e o interfone toca. Saio correndo, mas antes noto um olhar que não via há tempos, desde que me mudei para esta cidade. É um olhar de censura. Sei exatamente a causa. Minha mãe não aprova:

1) O porre de ontem à noite;

2) Um café da manhã composto de dois goles de café-preto, sem fruta, sem suco de laranja, sem pão com manteiga, sem um pedaço de bolo;

3) O fato de ser meio-dia e eu ainda estar tomando o café da manhã;

4) Que eu não esteja na cama, pedindo um remédio para dor de cabeça pelo amor de Deus, jurando que nunca mais vou beber na vida;

5) Que mal cheguei em casa naquele estado e já estou saindo de novo, em outro estado completamente diferente. E o que é pior: ela não consegue identificar muito bem que novo estado é esse.

No Iguatemi, vamos direto para uma lanchonete que parece mais um restaurante. Cada hambúrguer, sem refrigerante, apenas o hambúrguer, custa o preço de uma refeição completa para duas pessoas, com sobremesa e café, num excelente restaurante de Holambra. Priscila começa a falar sobre Alexandre Gurgel.

— Ele é um gostoso!

O sanduíche é bom mesmo. E tão caro que começo a calcular o valor de cada mordida. Priscila conta que Alexandre Gurgel está doido para transar com ela, mas que primeiro ela vai fazer um joguinho. Daí concluo que ela não é mais virgem, coisa que eu sou mas não vou admitir nem sob tortura. Digo que ela está certa, que tem que fazer joguinho mesmo. Acho que é isso que ela quer ouvir. Fico me perguntando como será esse joguinho, quanto tempo leva e qual sua finalidade, uma vez que ela já está decidida que no fim vai transar com ele. Será que é para que eles comecem a namorar? Ou será que já estão namorando? Enquanto como batatas fritas e penso em tudo isso, sigo ouvindo as qualidades e proezas de Alexandre Gurgel, e também começo a sentir uma inveja profunda. Penso também que essas são as melhores batatas fritas que já comi na minha vida. E eu que achava as batatas do McDonald's boas! Quando chegar em casa, vou falar daqui para meu pai. Ele adora um bom hambúrguer. Tenho vontade de comentar a qualidade das batatas fritas com Priscila. Primeiro, porque estou realmente impressionada. Nunca comi nada tão gostoso. Segundo, para que ela pare de falar de Alexandre Gurgel. Não quero ouvir mais uma palavra sobre isso. Enquanto ela ficou em exibição na sala, no colo dele, na poltrona de couro, eu fiquei no tanque de cerveja. Só agora me dou conta disso. E me dou conta de outra coisa. Priscila não tem ideia de que eu também beijei Alexandre Gurgel. Antes. Quanto mais ela fala, mais ridícula parece ter sido minha ficada. Lembro de Gurgel dançando de braços abertos, pedindo para eu ficar parada com o cigarro na boca, feito um mico adestrado. Mico. É isso que foi. Priscila me mostra a mensagem que acaba de aparecer no celular dela. É dele. E diz: "Linda!". Ela responde um negócio de várias letras, e eu concluo que eles estão, sim, namorando. Agora nunca mais vou poder contar sobre meu episódio da lavanderia. Eu teria de ter contado muito antes. Se eu contar agora, vai parecer que sou uma invejosa. Então fico quieta, terminando meu sanduíche, esperando ela terminar de escrever uma carta como resposta.

Checo as mensagens do meu celular. Nada do André. Será que o perdi para sempre? É possível. Se eu fosse ele, daria um perdido em mim.

— Credo! Você tá com uma cara...

— Nada não.

Priscila não acredita no meu "Nada não". Diz que tem uma loja genial que eu preciso conhecer. Começa a pular. Pulo também. Juntas, saímos pulando pelo shopping. Ela, com todos os motivos do mundo. Eu, com nenhum, a não ser o fato de que, depois de um semestre inteiro sem amigas e sem vida social, finalmente estou fora de casa num sábado à tarde. Agora tenho uma amiga (independentemente da qualidade) e vou a festas. Fico com garotos como Alexandre Gurgel (mesmo que só na lavanderia). Isso já é um progresso considerável e pode ser apenas o começo. Se eu continuar com Priscila, em breve não vou pagar tantos micos, ficaremos realmente íntimas, e eu serei como ela. Com o tempo vou pegar o jeito das coisas, vou deixar de me sentir desengonçada e esquisita, posso até virar uma Priscila França 2, tipo uma filial.

E se o preço para me transformar nisso é perder o André, que seja. Ele foi só um amorzinho de verão, de parque. Isso aqui, sim, é a vida real.

Passamos por uma loja de departamentos que eu adoro. Digo que quero entrar e Priscila faz uma careta.

— Nada a ver...

Ela continua me guiando pelo shopping. Vamos subindo, rodando e chegando a lugares que nunca tinha visto. Priscila conhece um Iguatemi diferente do que eu conhecia. O dela é muito mais legal. Quando chegamos à tal loja, tenho a sensação de que caímos num conto de fadas futurista. Qualquer coisa que eu experimentar aqui vai ficar incrível. Tudo aqui é legal. Tudo combina comigo. Quero levar tudo. Priscila vai tirando cabides das araras, vestidos, saias, camisetas, jaquetas e até uma capa de chuva.

— Você não vai provar nada?

Começo a escolher algumas coisas. O som que toca na loja é tão bom quanto as roupas. Tenho vontade de sair dançando. Quando vejo, minha pilha de roupas está do tamanho da dela, que não é pequena. Vamos para os provadores, onde tudo é fofinho. Estamos praticamente na casa da Barbie. O carpete deve ter dez centímetros de espessura. Para cada roupa que experimento, plim!, vejo no espelho uma nova possibilidade de vida. O vestido verde-bandeira e roxo me faz pensar em como seria se eu fosse a namorada oficial de Alexandre Gurgel, recebendo mensagens de texto concisas e perfeitas. A calça de cetim preto com cogumelos vermelhos nas laterais me faz imaginar como seria se eu conseguisse ser totalmente fodona, capaz de dar uma cotovelada nas costelas de Rodrigo Junqueira e derrubá-lo do meu pufe. A minissaia estampada, com três babados, me faz pensar quando vou perder a virgindade com Alexandre Gurgel, numa casa de praia, numa noite quente, na virada do ano.

Também imagino como serei a garota mais feliz do mundo se, de agora em diante, esta for a minha vida. Talvez a teoria dos lados da quadra tenha se confirmado. Ontem, na festa, Priscila não conversava com outras meninas. Ela não é como Zefa, que anda com um bando de amigas. A única amiga dela sou eu. A partir de agora, seremos uma dupla: Pri e Jackie.

— Deixa eu ver?

Priscila olha para minha minissaia rodada, estampada, com três babados, e não comenta nada. Ela está provando uma minissaia jeans clássica. Eu só me pergunto como ela vai fazer para se sentar com uma saia assim. Mas não pergunto para ela, claro. Coloco a saia rodada com três babados e estampa maluca na pilha dos rejeitados. Gostei da calça preta com cogumelos e de uma camiseta com estampa de milhares de unicórnios. E do vestido verde. Ouço Priscila perguntando ao vendedor sobre uma bata branca em tamanho menor e visto minhas próprias roupas.

— Jackie, já escolheu?

Priscila, de calça jeans e sutiã, abre a cortina do meu provador. O vendedor está logo atrás, olhando para os peitos dela através do espelho atrás de mim. Respondo que não. Vejo os olhos dele, que olham para os peitos dela, sendo que ela também olha para os próprios peitos no espelho. Fecho a cortina. Até agora não vi o preço de nada. Dou graças a Deus por isso, pois quando vejo... Quando vejo, tudo o que vejo é o rosto da minha mãe de boca aberta, piscando, incrédula. Também ouço suas palavras: "Isso chega a ser indecente". A calça dos cogumelos custa a mensalidade da escola. O vestido verde custa um *laptop* novo. A camiseta de unicórnios... Meu Deus! A camiseta de unicórnios custa o mesmo que um unicórnio puro-sangue vivo, com taxa de entrega.

Priscila já passou seu cartão de crédito. Comprou a bata e a minissaia, totalizando o equivalente a uma passagem de ida para Londres. Eu fico por ali, experimentando as pulseiras que estão em exposição no balcão. Priscila pergunta se já resolvi.

Capítulo 12

Tentando entender o capítulo 1

No dia do meu aniversário de quinze anos, depois da janta, meu pai nos chamou, Zefa e eu, para uma conversinha. Ele andava num humor fantástico. O motivo de tanta felicidade era, claro, seu estrondoso sucesso no emprego. Quando morávamos em Holambra, ele trabalhava na fábrica de celulares, que fica a poucos minutos da cidade. Ele é engenheiro. Quando eu nasci, já trabalhava lá. Durante os últimos anos ele foi sendo promovido, promovido, promovido, até chegar a diretor. Na sua última promoção foi transferido para São Paulo. Agora ele fica num escritório, num prédio todo de vidro. Eu imagino que deve ser bem mais chato que ficar na fábrica, onde as coisas acontecem, onde dá para ver as esteiras da linha de montagem rolando, com os celulares sendo cuspidos no fim. Mas eu estava enganada. Meu pai está felicíssimo com a nova vida em São Paulo. Nunca ouvi dele nenhuma queixa de saudade. Tenho certeza de que o novo supersalário tem a ver com isso.

Até hoje morro de curiosidade de saber qual é o salário do meu pai, mas, infelizmente, segundo a ética mineira da minha mãe, esse tipo de coisa a gente simplesmente não pergunta. Mas eu estava falando sobre a outra noite. A noite da conversinha.

— Seguinte, meninas. Vocês já estão na idade de começar a administrar o próprio dinheiro. Chega desse negócio de ficar pedindo dinheirinho pra tudo. Vamos adotar um novo esquema.

Enquanto meu pai dizia tudo isso, ia apertando uns botões no celular. Fazia contas.

— Cada uma vai ganhar um cartão de crédito.
— Ai... — disse minha mãe.
Meu pai prosseguiu:
— Vocês vão ter um limite para gastar por mês. Quando chegarem as faturas, que estarão no nome de vocês, eu cubro até o limite combinado. Que tal?
Lógico que Zefa e eu achamos a ideia perfeita.
— Não sei não... — Essa é minha mãe.
— Alguma observação? — A pergunta era para nós.
— E se elas estourarem o limite?
Meu pai respondeu como se a pergunta tivesse sido feita por nós.
— Neste caso entraremos no sistema de compensação. O que você gastou a mais num mês automaticamente será deduzido do seu crédito pré-aprovado do mês seguinte.
Uma ideia simples e justa.
— Mais alguma pergunta?
Zefa quis saber o que aconteceria se nossos cartões fossem roubados. Meu pai virou o visor do celular para nós. Mostrou que, com um clique, entraríamos em contato com a central e *zapt!* — o cartão seria bloqueado no ato. Tudo muito rápido e seguro.
— Ai... — Minha mãe apertava as pontas dos dedos, aparentemente tentando arrancá-las.
Meu pai entregou nossos respectivos envelopes. Corri para meu quarto para ler. Era melhor do que eu imaginava. Fora a grana que eu teria para torrar por mês, que não era pouca — nunca tinha visto tanto dinheiro na minha vida —, existia o esquema de pontos. Quanto mais eu gastasse, mais pontos ganhava. Então poderia converter os pontos em passagens aéreas e sair viajando pelo mundo inteiro! Estava imaginando minha nova vida de milionária, quando minha mãe entrou no quarto com um balde cheio de informações adicionais e nada legais. Estava também com um bloquinho de papel e caneta nas mãos. Primeiro disse que queria que a gente soubesse que ela achava aquela história uma grande loucura e que era contra, pois ela mesma jamais usava cartão de crédito, tinha horror a cartão de crédito.

— Credo, mãe. Por que esse trauma todo?

— Porque não dá pra controlar o quanto a gente gasta, e no final do mês, quando chega a conta, quase morremos do coração.

Segundo meu pai, dava para conferir *on-line* o balanço de despesas, e assim manter o controle. Tinha até uma opção de, cada vez que uma compra fosse realizada, receber um e-mail avisando o valor.

Mas minha mãe não parecia acreditar que teríamos essa disciplina. Melhor dizendo, ela não acreditava que eu teria. Quanto a Zefa, não tinha risco. Poucas semanas antes, tinha saído o relatório da ONU com as previsões de apocalipse ambiental. Eu li tudo aquilo e fiquei meio tristinha. Resolvi que não teria filhos. Mas Zefa ficou revoltada e descontou em cima de nós. Decidiu que teríamos que mudar radicalmente nossos hábitos de consumo. A família toda. Da parte dela, deixou de comprar tudo o que considerava supérfluo. Viver em constante vigilância de gastos não seria novidade nenhuma para minha irmã. Quanto a mim... bem, não podemos dizer o mesmo.

Prevendo tudo isso, minha mãe começou a fazer uma coisa que eu nunca tinha feito na vida e que achei bastante deprimente. Ela abriu o bloquinho e começou a traçar vários riscos. Em cada um escreveu um tipo de despesa. Lá estavam: dinheiro para fim de semana, produtos de higiene, alimentação externa (tudo o que comíamos fora de casa), transporte, curso de gaita, curso de inglês... Levei um susto.

— Espera aí! Eu vou ter que pagar o curso de inglês com o meu dinheiro?

Eu passaria a pagar pela minha educação!? Que absurdo! Eu nem sabia quanto custava o curso de inglês!

— Nós só vamos continuar a pagar a escola. O resto é com vocês.

Peguei o bloquinho das mãos dela.

— O que vocês querem dizer com "produtos de higiene"?

— O xampu caríssimo que você sempre joga no carrinho do supermercado, sabonete, aquele estoque anual de absorvente que você gosta de ter no seu armário, pasta de dente.

PENSE VERDE
CARDCRE

Num triz passei de milionária a dona de casa. Então aquelas coisas deixariam de aparecer magicamente no banheiro do meu quarto? Zefa estava tão incrédula quanto eu. Só que começou a fazer contas. Quando passou meu susto, foi o que eu também comecei a fazer. Que absurdo! Foi aí que descobri o preço da realidade e o quanto eu representava em despesas mensais para a minha família. Nunca antes havia encarado esse número. Aquilo foi uma das experiências mais tenebrosas da minha vida. Passei a me sentir como um custo ambulante. Um custo bem alto. Muito mais alto do que eu imaginava. Meus pais gastavam uma fortuna comigo todo mês, simplesmente para me manterem viva. Eu me senti um fardo. Foi horrível. Até que perguntei à minha mãe:

— Como vocês conseguem gastar essa grana toda comigo, todo mês, desde que eu nasci? E nunca falaram nada!

— É que a gente ama você.

Aquilo foi a punhalada final.

Capítulo 13

Continuando o capítulo 11

— E aí, Jackie?

Priscila já está com a sacola na mão, esperando. Abro a carteira, entrego o cartão e compro a camiseta dos unicórnios voadores. Assino o papelzinho azul e o jogo no fundo da sacola. Depois darei um jeito.

— Pronto?

— Prontinho.

Priscila e eu seguimos flanando pelo shopping. Desde que nos tornamos amigas não consegui conversar com ela sobre, sei lá, coisas abstratas. Gostaria de sentar e bater um papo. Desde que entramos aqui, toda vez que começo um assunto aparece alguma coisa em alguma vitrine que faz com que Priscila interrompa o que estou dizendo para apontar e perguntar:

— Ai, não é tudo?!

A próxima loja em que entramos é austera e arrogante. Aqui não há estampas malucas, unicórnios e cogumelos. Tudo é chique de verdade, a começar pelo cheiro da loja. O ar aqui é perfumado e as cores são poucas. Os vendedores parecem artistas de cinema.

— O dia em que eu for rica, só vou comprar roupas aqui — diz Priscila.

Ah, sim, aqui as roupas não têm preço. Priscila pega um shortinho preto e pergunta quanto custa para o vendedor. É o salário de um professor. Ela leva o shortinho sem experimentar.

— Ai, Jackie. Não acredito que você não gostou de nada...

— Não faz muito meu tipo.

Priscila para de andar, cruza os braços e olha bem nos meus olhos. É a primeira vez que ela faz isso em todo esse tempo em que estamos aqui. Parece que se passaram dezenas de horas. Devem ter sido duas.

— Você conhece a Camper?

Espera aí! Será possível que Priscila França não é uma criatura de shopping center? Se ouvi direito, ela também gosta de acampar! Quando éramos menores, todo final de ano íamos acampar na praia. Numa barraca ficavam meus pais, na outra Zefa e eu. Imediatamente imagino que nesse final de ano vamos acampar os quatro: Priscila e Alexandre Gurgel, André e eu. André comentou que adora acampar. Ele até tem uma barraca que está meio velhinha, meio complicada de montar, mas isso não importa.

— Ai, que legal, Pri! Eu adoro acampar!

— Hã?

Chegamos à Camper, que não é nada do que estou pensando. Cancela a viagem. É só uma loja de sapatos.

— Ah...

— Eles são muito loucos. Vamos entrar.

São sapatos bem diferentes. Diferentes de tudo o que já vi.

— É a sua cara, Jackie. Olha esse!

Parecem sapatinhos de mentira. O formato é de sapato de gnomo. Largos, meio rústicos, feitos de couro. Parecem feitos à mão. Sim, algo que um gnomo usaria. Os que são a minha cara são feitos de retalhos de couro colorido.

Algo que a Emília, do Sítio do Pica-pau-amarelo, usaria. Priscila me acha uma caipira, coisa que entendo perfeitamente. Nunca me senti tão caipira na vida.

Mas agora não tenho coragem de dizer que os sapatos são caipiras. Se fossem caipiras, não estariam na Camper, ou vai ver tudo isso é uma grande piada. Começo a desconfiar que seja. Calço os sapatos e me sinto uma pata-choca. Eles são quadrados e fazem meu pé parecer ter o dobro do tamanho. Priscila está provando um par preto com bolinhas brancas. Mas não todo de bolinhas brancas, uniformemente.

As bolinhas foram salpicadas em espaços irregulares, sendo que as bolinhas do pé direito ficam de um jeito e as do esquerdo de outro, por isso ele custa o preço de uma lavadora de roupas.

O meu custa um fogão de quatro bocas. Desde a criação da minha tabela de despesas pessoais, não consigo assistir a uma propaganda na televisão sem gravar o valor das coisas, e isso inclui até eletrodomésticos que não tenho a menor intenção de comprar.

Priscila decide levar os sapatos que poderiam ser uma lavadora, e eu começo a me perguntar o que estou fazendo aqui. Agora quero muito ir embora. Priscila pega o sapato que é a minha cara e o coloca em cima do balcão.

— O dela também.

— Ah, não. Eu não vou levar.

— É presente.

— Como assim?

— Um presente meu pra você.

— Tá louca?

— Por quê, você não gostou?

— Eu achei lindo, mas é muito caro pra você me dar de presente.

— Ai, boba...

Priscila diz para o moço passar o meu sapato no cartão.

— De jeito nenhum!

Agarro o braço da Priscila e entrego meu cartão para o moço. Priscila dá um tapa na minha mão e meu cartão cai.

— Cobra no meu!

Corro para trás do balcão, pego meu cartão, arranco o cartão da Priscila da mão do moço e falo para ele passar no meu. A confusão é tamanha que ele começa a olhar estranho para nós. Ele deve achar que essa é uma nova modalidade de assalto. Agora os assaltantes vêm disfarçados de patricinhas alucinadas. O moço passa os sapatos da Emília no meu cartão e Priscila diz que sou muito tonta. Concordo plenamente.

Capítulo 14

Restos de pizza para um resto de pessoa

Sábado à noite. Priscila e Gurgel foram ao cinema. Estão oficialmente namorando há dez dias. Ela agora é a pessoa mais feliz do mundo e já me contou a primeira transa deles cinco vezes, o suficiente para eu ter feito um filminho na minha cabeça.

Zefa acaba de pedir para eu emprestar minha minissaia roxa para ela. Minha irmã anda estranha. Reticente. Meus pais saíram. Foram ao cinema. Zefa também vai ao cinema.

— Com quem?

— Você não conhece.

— Mas quem é?

— Depois te conto...

Zefa sai. É óbvio que está namorando. Como sempre acontece, ela vai esperar até ter certeza absoluta para contar. E daí vai ser um namoro seriíssimo. Até minha minissaia roxa vai ao cinema. André também deve estar lá, com minha substituta. Ligo a televisão, mas não tem nada de bom. Claro que não. Ninguém no planeta, fora eu, deve estar em casa assistindo televisão num sábado à noite. Tenho vontade de chorar. Gostaria mesmo de chorar um choro de bebê, com enchentes de lágrimas, soluços e berros. Não consigo.

Horas depois, quando todos voltam para casa felizes, encontram-me na mesma posição em que me deixaram. Meu pai trouxe um resto de pizza para mim, mas minha nova dieta não permite que eu coma. Vou para meu quarto e me enfio debaixo das cobertas.

— André. Sou eu.

Ele pergunta de onde estou falando. Respondo que estou numa cabaninha escura.

— Sei.

— Você ainda gosta de mim?

Ele não responde.

— Não gosta. Deixa pra lá, então.

Ele pede para eu não desligar, mas não fala mais nada. Ficamos os dois em silêncio. Eu me encolho mais ainda. Virei um tatu-bola.

— Eu sempre penso em você — ele diz, finalmente.

— Eu também.

Mais meia hora de silêncio e respiração. Ninguém desliga. Ninguém fala.

— Por que a gente não se encontra mais?

— Porque você nunca pode — ele responde.

Silêncio.

— Mas você quer? — pergunto.

— Você sabe a resposta.

— Eu sinto falta de você — digo.

Mas é mentira. Há um mês não nos vemos. Desde que virei a melhor amiga da Priscila, vivo a rotina dela. Isso significa que, assim que saio da escola, vou para a casa dela, onde nunca tem ninguém, a não ser a empregada uniformizada. Ela usa um vestido preto com avental branco de babadinho, que nem na novela. Nunca achei que empregadas se vestissem assim de verdade. Almoçamos e vamos para a sala de televisão. Ficamos hipnotizadas feito dois lagartos. Priscila tem 260 canais. Eu mal olho para a televisão. Fico reparando nos barulhos da casa. Embora eu só veja a empregada uniformizada, tenho a impressão, pelas portas abrindo e fechando, de que existem mais pessoas ali. Um dia vi o irmão da Priscila passar sem camisa e quase caí do sofá. Ele é tudo o que eu tinha ouvido falar e mais um pouco. Eram duas da tarde e ele bocejava. Meia hora depois ele passou em sentido contrário. Quinze segundos depois ele voltou e parou, ombro nu apoiado na porta. Imediatamente me sentei. Priscila nem se mexeu. Ele fincou os dentes numa maçã verde.

— Oi — disse.

— Oi. Prazer.

— Você é a...?

— Jackie — respondeu Priscila.

Então eu me levantei, fui até ele e lhe dei um beijinho. Durante essa breve caminhada, me arrependi do que estava fazendo. Mas aí não havia mais como dar meia-volta. Ele retribuiu o beijinho com uma gargalhada que me fez querer sair correndo para nunca mais voltar.

— Sou o Fábio.

— Eu sei.

Tem dias em que até eu me surpreendo com minha absoluta falta de senso. "Eu sei." Por que falo essas coisas?

Fábio girou a maçã verde para a parte em que ela não estava mordida.

— Servida?

— Dá pra vocês irem conversar, tipo, em outro lugar?

— Não, obrigada.

Como um cãozinho adestrado, voltei para o sofá. Fábio França se foi. Mas antes deu uma olhada para mim que fez com que eu me apaixonasse pelo resto da vida.

— Ele tem namorada.

— Ah, tá.

Naquele dia não voltei a ver o irmão da Priscila, mas desde então passei a ir à sua casa religiosamente, embora houvesse dias em que eu não era convidada.

— Você ainda está aí? — pergunto para André.

— Tô.

André acha que estou mudada. Eu estou mudada. Embora minha única amiga seja Priscila França, agora eu converso com todo mundo na escola, conheço todo mundo. Todo mundo fala mal de mim, e eu adoro. Tenho ficado com vários garotos diferentes por fim de semana. Será que André sabe disso?

— Por que você me ligou?

Não sei. Acho que porque eu gostaria que ele dissesse que está lá, esperando por mim, para o caso de algum dia eu cansar de ser a coadjuvante de Priscila França. André pergunta como anda minha vida. Não tenho coragem de dizer que depois que nos cansamos de assistir televisão, vamos para o quarto de Priscila e eu entro no seu *closet*, tiro o uniforme e escolho o que quero vestir dentre as peças que ela me empresta. Algumas ela não empresta. Não tenho coragem de dizer que, vestida de Priscila, vou para o shopping, onde passo a tarde toda, e que agora minha maior diversão é torrar dinheiro sem dó em coisas que compro sem pensar, só porque estou lá e tenho um cartão de crédito dourado que vai aceitando tudo sem chiar. Não tenho coragem de dizer que estou me sentindo horrível, que não gosto de nenhum desses meninos que ando beijando e que nem me telefonam depois, fazendo com que eu me sinta mais horrível ainda e pense que eles é que são uns idiotas, o que são mesmo, e que isso faz de mim tão idiota quanto. Também não tenho coragem de dizer que nunca me senti tão só como agora que não fico mais sozinha. Como não tenho o que dizer, coloco a cabeça para fora das cobertas, pego minha gaita e começo a tocar. André gostava de me ouvir tocar. Há tempos não toco.

Capítulo 15

De volta ao capítulo 9

Ter me tornado a melhor amiga de Priscila França me deixou tão feliz que, certo dia, na saída da escola, peguei a gaita e toquei algumas notas. Priscila quase teve um treco.

— Que é isso?!

— Uma gaita, ué.

— Você quer dizer "harmônica"...

Apesar de o instrumento ser o mesmo, se você é um músico de *blues* o termo é "harmônica". No meu caso era uma gaita, no sentido mais caipira da palavra. Priscila foi tomada por uma reação nervosa invertida. Em vez de sair correndo, chamou todo mundo para ver. Todos acharam aquilo a coisa mais esquisita do mundo. Fizeram uma roda. Temi que fossem jogar moedinhas. Até Rodrigo Junqueira e Gurgel vieram ver. Eu segui soprando, agora trêmula e completamente arrependida. Eles trocaram olhares maliciosos.

Você deve estar se perguntando por que eu simplesmente não enfiei a porcaria da gaita no bolso e saí andando. Eu digo. Porque justo quando decidi que era isso mesmo que eu ia fazer, o tio vesgo da cantina abriu caminho entre as pessoas da roda e parou bem do meu lado. Puxou uma harmônica, ou gaita, ou realejo (sei lá como ele vê a coisa) do bolso da camisa e começou a tocar junto, batendo o pé no chão. Priscila foi às alturas. Ria como louca, mal conseguindo respirar. Sobre minha cabeça vi um luminoso *pink* anunciando a turnê de "Jackie e o Vesgo". Nem precisa dizer que depois desse dia nunca mais relei na gaita.

Capítulo 16

Concluindo o capítulo 9

Essa é mais uma história que não tenho coragem de contar para André, então sigo tocando, sozinha, num sábado à noite. Um caroço sobe pela minha garganta, engasgo e paro. Não consigo mais tocar. Desligo o telefone e caio num choro há tantos dias sufocado. Aqui estou, chorando e encarando o telefone. Esperando que André ligue de volta. Esperando e esperando.

Esperando.

Ainda.

Capítulo 17

Sem crédito

Hoje é o dia. Já interfonei quatro vezes para o porteiro, mas ele não passou. Eu devia aproveitar esse tempo para elaborar um plano, isso sim. Nem sei por que estou tão nervosa com isso. O que preciso saber, já sei. O valor está bem aqui na minha frente. É um número estrambótico e inexplicável. Esse é o problema, não tenho como justificar. Desço pela quinta vez e lá está a correspondência, e no meio dela a fatura do meu cartão de crédito. Abro o envelope com um restinho de esperança de que, por alguma mágica, o valor no pequeno retângulo fatídico não seja o mesmo que buzina feito uma sirene de ambulância no meu pensamento. Fecho os olhos, respiro fundo. Rasgo o envelope. Desdobro o papel. Rezo. Abro os olhos e... aleluia!

Minhas preces foram atendidas. Deus seja louvado pelo "pagamento mínimo". Eis minha salvação!

Na minha vida pré-Priscila eu era completamente paranoica com cartão de crédito. Minha mãe conseguiu que Zefa e eu acreditássemos que aquilo era uma possível droga letal que, uma vez provada, podia viciar para o resto da vida. Algo assim.

Até Priscila França, eu seguia minha tabela de despesas pessoais como se fosse a tábua dos dez mandamentos. Em outras palavras, uma atitude sensata, responsável, prudente e conservadora. Então a tabela foi ficando cada vez mais flexível. Com o tempo, ela se tornou uma referência. Nos últimos dias me dei conta de que ela estava obsoleta. Não era mais compatível com minha nova vida. Simplesmente parei de consultá-la. Antes, ao final do mês, como a conservadora que eu era, informava ao meu pai o "total desta fatura". Bem, hoje vai ser diferente. Agora ele só vai saber o "pagamento mínimo". Perfeito. Pensando bem, essa é a ideia do cartão de crédito. Se ao final do mês a gente pagasse tudo o que gastou, simplesmente estaríamos trocando dinheiro de papel por dinheiro digital. A proposta do cartão é expandir nossas possibilidades. Você deixa de ter um dinheirinho miserável e passa a ter coisas que seu dinheirinho não seria capaz de comprar. Porque a vida é agora, como eles mesmos dizem. Quando colocam um cartão de crédito no meio do rosto e dão aquele sorrisão enorme na propaganda, é um sorriso de quem tem muito dinheiro. Não o dinheirinho visível, mas o dinheiro ilimitado que apenas um cartão de crédito dá.

Meu pai agora tem um escritório em casa, além do escritório oficial no Itaim. Ele chega do trabalho e liga o computador. Tem dias em que trabalha em casa, mas, como a porta fica fechada, é como se não estivesse. Ele também passou a trabalhar aos fins de semana. Meu pai trabalha o tempo todo, na verdade.

— Pai?

— Fala.

— Chegou a fatura do meu cartão de crédito.

— Legal — ele não tira os olhos da tela do *laptop*.

Sinto saudades do meu pai. Em Holambra, sexta-feira era noite de ficar assistindo a filmes em casa. Era também a noite em que ele cozinhava. Normalmente receitas complicadas e deliciosas. Assistíamos a dois, três filmes. Ele se espichava no chão e parecia ser mais um amigo que um pai.

Pego um papel e anoto o valor do pagamento mínimo que, mesmo mínimo, é maior que os valores que eu apresentei nos meses anteriores.

— Ultrapassamos um pouco o limite, hein, mocinha.

Meu pai tira os olhos da tela por alguns segundos.

— Um pouco — tenho que admitir.

Ele então faz a transferência para a minha conta. Fácil. Eu fico ali.

— Algum problema? — pergunta.

Se ele não estivesse trabalhando do jeito que está, já teria percebido tudo. Respondo que nenhum, nenhum problema, e me vou. Assim que saio, trombo com Zefa.

— E aí? — ela pergunta.

— E aí o quê?

— Como "E aí o quê"? Ele não disse nada?

— Do que você está falando?

— Do que eu estou falando? Adivinhe, Jaqueline...

— Não faço ideia — E me vou. Zefa fica ali, incrédula.

Se tem alguém nesta casa que sabe exatamente tudo o que acontece na minha vida, é Zefa, mesmo que eu não tenha contado nada. Ela percebe. Ela conhece cada movimento meu. Ela vê o xampu dela diminuindo com o dobro da velocidade, assim como a pasta de dentes que ela usa. Tenho economizado nas pequenas coisas. É um começo... Mentira. Não faz diferença nenhuma. O que eu tinha mesmo que fazer para voltar ao meu orçamento preestabelecido é muito mais radical do que usar o xampu da minha irmã.

Agora estou aqui, na mesa da cozinha, emburrada, me sentindo péssima por ter mentido para meu pai. E mais péssima ainda por Zefa saber o que estou fazendo, mesmo que eu não tenha dito nada para ela. Na minha frente está a tabela de gastos, há tempos abandonada. Tenho também um extrato da fatura, e começo a refazer as contas. Mesmo que eu não gaste um real até o mês que vem, ainda terei dívidas que vão continuar chegando durante muitos e muitos meses. Se eu continuar nessa de pagamento mínimo, posso passar um ano pagando a dívida do mês de agosto. Mês de cachorro louco.

Eu devo ter pirado mesmo. O que foi aquela camiseta dos unicórnios? Em algum canto do Brasil deve dar para sustentar uma família com o dinheiro que paguei naquilo. No dia eu achei cara... Mas eu estava com a Priscila, que tinha comprado uma batinha até mais cara... E a camiseta é incrível. Ai... O que é que eu estava pensando? É só uma camiseta idiota com uns unicórnios voadores estampados. Como é que ela pode valer mil reais? Tá. Falei. Foi isso. Eu paguei mil reais por uma camiseta.

— Oi, filha.

Fecho a pasta com minha contabilidade.

— Lição de casa numa sexta-feira à noite?

Minha mãe puxa uma cadeira e senta na minha frente. Afasta a fruteira e coloca uma caixa de papelão entre nós. Pega uma cartolina e começa a rabiscar uns círculos com compasso. Deve ser uma nova criação. Minha mãe continua fazendo suas invenções como se estivesse em Holambra, igualzinho. Como pode? Tenho vontade de chorar.

— Tem festa hoje?

— Daqui a pouco.

— Com a Priscila?

— Festa do irmão dela.

— Ah...

— São corações?

— Mais ou menos.

— Mãe?

— Quê?

— Pra que você está fazendo corações?

— Quando ficar pronto você vai ver.

Se fosse em Holambra, a esta hora ela estaria em Jaguariúna, tomando chope com as amigas no final de tarde. Chegaria em casa a tempo para nossa sessão de filmes. Coitada da minha mãe.

— E eu nunca disse que eram corações.

Zefa entra na cozinha e abre a geladeira. Pega um tablete com seis iogurtes grudados.

— É um absurdo isso. Cinco colheradas e a gente acaba com um copinho desses, que vai pro lixo. Agora imagina o tanto de potinhos desses que vão pro lixo diariamente. O planeta não tem mais capacidade pra esse tipo de embalagem.

— E como a gente vai comer iogurte?

— A gente passa a fazer iogurte em casa.

— A gente quem? — pergunta minha mãe.

— Eu.

— A-hã — digo.

— É sério. Não precisa mais comprar iogurte. Eu mesma vou fazer. É um absurdo. Eles não têm a menor consciência! A menor!

Zefa sai. Não comeu o iogurte. Pego para mim. Meu pai entra na cozinha.

— *Hello!* — diz minha mãe para meu pai.

Hum... Isso não é bom sinal.

— Peguei um filme. Você assiste comigo?

— Não vai dar — ele responde. — Tenho que trabalhar pelo menos mais um par de horas.

Meu pai deixa a cozinha, minha mãe o segue com os olhos.

— O problema é que a gente não pode incentivar o consumo dessas coisas. Pode parecer que estou sendo radical — Zefa voltou e discursa na porta da cozinha: — mas não estou. Aliás, tem umas coisas que eu quero dizer.

Minha mãe larga os corações que não são necessariamente corações. Meu pai volta para ver o que está acontecendo.

— Diga.

— Eu acho que as pessoas desta casa estão cagando e andando pro futuro do planeta.

Agora, sim, Zefa está sendo radical. Dizer a palavra "cagando" é novidade, vindo dela. Eu até me assusto. Ela continua.

— Tenho notado comportamentos totalmente malucos por aqui. Tá, tudo bem... agora a gente mora em São Paulo e as coisas são diferentes. Mas isso não significa que precisamos virar pessoas que não somos.

Ninguém diz nada.

— Não sei se vocês notaram, mas estamos no limite. Não vai dar! Se cada um continuar comprando o que tiver vontade, num consumismo totalmente desenfreado, daqui a pouco não vamos ter onde viver. A água do planeta vai acabar! Vocês sabem quanto de água vai para fabricar uma calça jeans?

Ninguém sabe. Zefa desdobra um papel. Lê:

— "A produção de jeans comporta um elevado consumo de água, de pesticidas e de adubo. E gera, ao longo das fases de tinturaria e de lavagem, a poluição dos cursos de água."

Bem, agora a coisa está clara. O discurso é para mim. Só neste mês, comprei três calças jeans. A primeira porque eu precisava. A segunda porque descobri que a primeira não era *skinny*, e eu não havia me dado conta de que uma calça jeans, para cair bem, TEM que ser *skinny*, o que praticamente invalidou a primeira. A terceira porque, depois que provei a calça *skinny*, não quis vestir outra coisa que não calças *skinny*, de modo que uma não era suficiente. Juro que não sabia que estava cometendo um crime ambiental.

— E a sucata tecnológica? O que acontece com os celulares descartados semanalmente? Eles vão para a África e ficam lá. Montanhas e montanhas de lixo de coisas que a gente não quer mais, só porque saiu um modelo novo. E nada disso é biodegradável.

— Calma, Zefa — diz nosso pai.

— Gente! É sério!

— Eu sei que é — diz nosso pai.

— Então? O que a gente vai fazer?

Zefa está com lágrimas nos olhos. Tenho a sensação de estar numa casa de loucos. Minha mãe afasta a cartolina e, por uma fração de segundo, tenho a impressão de ter visto uma bundinha. Minha mãe está fazendo bundinhas? Agora, sim, a coisa começa a ficar realmente estranha. Minha mãe guarda as cartolinas dentro da caixa, levanta e abraça Zefa, que cai no choro. Meu pai fica parado em frente à geladeira aberta, sem saber o que fazer, e isso inclui não fechar a porta da geladeira. Eu dou um toque:

— Pai, dá pra fechar essa porta antes que você destrua a camada de ozônio?

Meu pai bate a porta da geladeira correndo e Zefa pergunta se eu posso levar as coisas a sério uma vez na vida. Era o que faltava... Ela achou que eu estava sendo irônica. Vou até a geladeira e escancaro a porta não só da geladeira, como a do freezer. Deixo a cozinha. Zefa grita que sou uma besta. Eu me tranco no meu quarto.

Credo! O que foi isso?

Capítulo 18

Queima de estoque

Deitada à beira da piscina numa espreguiçadeira, na casa de Priscila. Dentro da água estão Fábio França, Gurgel e mais dois amigos. Como estamos com nossos iPods, não conseguimos ouvir o que eles dizem. Isso dá ao mundo um aspecto de fantasia. Ouvindo a seleção das músicas que mais adoro na vida, só consigo enxergá-los. É até um alívio não poder ouvir o que dizem. Melhor assim. Priscila está deitada de bruços, com a cabeça virada para o outro lado. Eu ainda não me acostumei à companhia dela. Ela é uma presença física. E só. De vez em quando tento lhe contar as coisas que me atormentam, mas ela não me escuta, mesmo sem iPod no ouvido. Minhas palavras batem e voltam. Ultimamente tenho deixado de falar qualquer coisa. Faço meu papel de estar sempre por perto. A amiga. Às vezes acho que sou um item, como o celular ou a câmera digital. Sempre me assusto quando sou requisitada. Do nada, ela me abraça e grita meu nome. Das primeiras vezes que isso aconteceu, senti uma alegria imensa, acreditando que ela tinha se dado conta da minha existência, pois nessas horas ela me dá vários beijinhos, como se eu fosse um ursinho de pelúcia. Logo em seguida ela senta bem perto de mim, aperta minha mão e confessa um segredo, que sempre tem a ver com garotos, claro. Nessas ocasiões, sua alegria é sempre tão grande que não dá para ser egoísta e pensar na esquisitice da nossa amizade. Eu acabo me alegrando junto e damos pulinhos. Só que eu não consigo dar um monte de beijinhos na bochecha dela. Imagino que, para quem olha de fora, ela seja muito mais carinhosa que eu. Deve parecer que ela é amável, companheira, sincera, a amiga que todo mundo sonha ter. Eu devo parecer uma velha rabugenta de olhos esbugalhados, assustadíssima com os repentes de demonstração de... Boa pergunta: o que é que ela demonstra nesses repentes?

Eu tentei ter um repente assim, quando André me ligou no meio da tarde. Há tempos a gente não se falava. Ele queria saber se a gente podia se ver. Topei. Combinamos para a sexta seguinte (que é hoje, por sinal). Assim que desliguei, tive um ataque de priscilice. Comecei a pular, peguei na mão dela e dei um grito, como ela fez tantas e tantas vezes. Mas em vez de pular junto e gritar, como eu gritaria mesmo sem saber por quê, ela tampou os ouvidos, fez uma careta e me olhou feio. Comecei a contar sobre André.

— Nunca ouvi falar.

Expliquei mais e mais, sobre os desenhos que ele faz de mim, e sobre como estava feliz pois achava que ele nunca mais fosse querer me ver, mas Priscila mudou de assunto e eu fiquei sem ter com quem comemorar. Meus pulinhos foram murchando. Guardei o celular e voltei para minha posição de amiga passiva.

Cada vez mais tenho a sensação de ser uma aquisição que Priscila fez. Ela precisava de uma nova amiga. Eu era uma coitada abandonada, largada num canto da escola, sem graça e desinteressante. Mas eis que... certo dia, apareço com meu novo visual descolado e ela pensa: "Hum... e se eu pegar essa aí para ser minha amiga?". Pula da mureta e nem precisa dizer nada. Eu imediatamente topo ser a amiga que ela buscava. Pronto. Ela havia resolvido o problema de não ter amigas. Prontinho. Tudo muito fácil, rápido e prático.

A grande pergunta é: se eu sei de tudo isso, por que não me levanto, pego minha roupa e caio fora? Por que fico aqui, executando a função de melhor amiga na pior amizade que já tive na vida? Tenho várias explicações para isso. Uma delas é que, por estar aqui, neste exato momento Fábio França está agarrado ao meu calcanhar. Ele pede para eu entrar na piscina.

Assim que entro, ele me agarra. Então Gurgel puxa o cordão do meu biquíni e fica brincando com ele feito laço de boiadeiro.

Faz um aguaceiro danado. Priscila se encolhe, incomodada com os respingos que caem nela. Eu me atiro em Gurgel, uma mão nos peitos, a outra tentando recuperar meu biquíni. Gurgel atira o biquíni para Fábio França, que grita:

— Vem pegar, vem.

E eu vou, feito uma cadelinha.

E lá se vai meu biquíni, que de repente vira uma bola de vôlei. Minha irmã deve estar jogando vôlei de verdade, treinando para algum torneio respeitável, enquanto eu me comporto, e me sinto, como uma cadelinha. Priscila se levanta, vê a cena patética em que fui me meter (mais uma), pega a toalha e vai embora. Ainda fico um tanto na piscina, de *topless* com quatro garotos que não vão devolver meu biquíni. A cena não é mais engraçada. Depois que Priscila se foi, Fábio França começa a se aproximar de mim de um jeito mais brusco. Gurgel amarra meu biquíni na testa e encosta na borda. Saio pela escadinha e vou correndo para dentro da casa, envergonhada demais para pegar minha toalha. Entro pingando na casa, molhando o carpete felpudo, querendo morrer.

Priscila trancou a porta do quarto.

— Pri, sou eu!

Ela aumentou o som e não abre. Bato mais forte. Ela aumenta o som ainda mais. Todas as minhas coisas estão lá dentro: mochila, celular, carteira, roupas, tênis. Torno a bater. Ela segue me ignorando. Não volto para aquela piscina por nada no mundo. Mas também não tenho para onde ir. Pego uma toalha de rosto no lavabo e me enrolo. Minha bunda fica de fora. Nunca tem um adulto nesta casa, a não ser hoje. Um homem de terno, que só pode ser Emílio França, vem se aproximando. Agora quero morrer mesmo. Bato contra a porta com toda minha força. Vou matar a Priscila.

— Com licença — diz Emílio França, sem olhar para mim.

Ele dá três batidas que valem por vinte das minhas e a porta se abre automaticamente. Entro correndo, e Priscila bate a porta na cara do pai. Começo a me vestir sem nem mesmo me secar, sem tomar banho. Só quero ir embora.

— Eu sei que você já ficou com ele — diz Priscila.

— Foi antes de vocês namorarem.

Meu short jeans não sobe porque estou molhada. Tenho que me contorcer. Priscila, deitada na cama embrulhada num roupão de banho, assiste ao espetáculo ridículo que sou eu, encharcada, tentando me enfiar num short apertado.

— Pode ficar com ele. Mas já vou avisando que ele não quer nada sério com você.

— Não, obrigada.

— Fica logo com ele. Você não gosta dele?

— Não.

— Para, Jackie. Eu sei que você tá a fim dele.

— Sério. Não estou.

Entrei na droga do short. Calço meus tênis, boto a mochila nas costas. Chega. Digo que não quero saber de Alexandre Gurgel nenhum. Ele não é meu número.

— E qual é então?

— Sei lá. O tipo de garoto que você não conhece.

— Isso é papo. Se você quer ficar com o Gurgel, na boa. Eu já estou em outra.

— Eu-não-quero-ficar-com-ele. Entendeu?

— Besteira sua. Ele está facinho. Um e noventa e nove.

— Agradeço a oferta.

Abro a porta do quarto. Os meninos saíram da piscina. Ouço suas vozes vindo da cozinha.

— Pra você deixar de ser virgem... Não quer provar?

— Já disse que agradeço. Passo. — E fecho a porta.

Tenho esperança, por um segundinho, de que ela vai perguntar aonde estou indo de cabelo molhado, ou que vai pedir desculpas, ou que vai, mesmo com cara de quem não está nem aí, pedir para eu não ir embora. Mas tudo o que ela diz é:

— Então tá.

De repente o tempo vira. Uma hora atrás eu estava na piscina, numa mansão nos Jardins, ouvindo música, fazendo sucesso com Alexandre Gurgel, parte do meu biquíni voava pelo ar e quatro garotos me desejavam. Uma hora atrás eu era tão incrível que até Priscila França teve um ataque de ciúme e não conseguiu permanecer ao meu lado. Mas, de repente, do nada, vem uma onda de frio. O ar fica gelado; o céu, preto. Tudo está carregado. Já dá para ouvir os trovões ao longe. O mundo vai desabar a qualquer instante; estou tremendo de frio, molhada, com uma roupa mínima na fila do ônibus.

Achava que Gurgel ia me dar uma carona para casa. Se soubesse que ia voltar de ônibus, não teria vindo com essa roupa. Me sinto pelada. Boto a mochila na frente, para disfarçar meus peitos. Não tenho um mísero sutiã. Meu sutiã era a parte de cima do biquíni, que vai saber onde está a essa hora. O homem ao meu lado não tira os olhos de mim. A mochila não cobre meus dois peitos. É um ou outro. Cubro o peito vizinho do homem. Quanto mais quero sumir, mais exposta eu me sinto. Quando o ônibus chega, todo mundo se espreme lá para dentro. O homem aproveita para se esfregar em mim. Corro ao encontro de uma gorda, que me xinga. Todo mundo vê. Todo mundo dá razão para a gorda. Eu não tinha visto que, além de gorda, ela está grávida. Agora o ônibus inteiro me odeia.

Entramos na Teodoro Sampaio e paramos. Começa a chover granizo. Vou me espremendo até grudar contra o vidro embaçado, me controlando para não chorar de vergonha, ódio e arrependimento.

As lojas fazem liquidações de baciada. Várias mulheres remexem nos cestos. Vão afastando as camadas de cima e mergulham o braço cada vez mais fundo. Cavucando. As coisas que não interessam elas jogam de volta. Tudo misturado: camisetas, blusinhas, saias, vestidos. Elas remexem assim não por ter visto coisas das quais gostaram, mas pela esperança de que, em algum lugar daquele balaio, lá no fundinho, haverá algo legal. É uma pescaria. Quando encontram, esticam a peça e atiram-na numa cestinha de supermercado. É o tipo de loja que não tem provador. Algumas experimentam blusinhas por cima da roupa. Também não tem espelhos na loja. Gostou, levou. Não é para pensar muito. Dez reais. Considerando que Alexandre Gurgel vale um e noventa e nove, cada camiseta da baciada equivale a cinco dele.

Lembro da minha camiseta dos unicórnios de mil reais. Agora, sempre que estou de mau humor, lembro dela. Se bem que o contrário também acontece. Estou legal, ela me vem à cabeça e acaba com meu humor. Uma única camiseta de unicórnios equivale a uma baciada cheia da Teodoro.

Se não fosse pela maldita camiseta dos unicórnios, eu não teria comprado uma saia de quinhentos e um biquíni de trezentos. Foi ali que comecei a perder os parâmetros. Para compensar o fato de ela ter custado mil reais, eu teria que usar essa camiseta todos os dias, em todas as ocasiões, para o resto da minha vida. Mas como ela contém milhares de pequenos unicórnios, não é o tipo de coisa que dá para usar direto. O rebanho de unicórnios, ciente do seu valor, impede que você o exponha demais.

Capítulo 19

Febril

Estou de cama, com febre. É o segundo dia que falto à escola. Todo o meu corpo treme. O único jeito de não tremer é ficar encolhida feito um tatu-bola debaixo das cobertas. Minha mãe pede para eu me sentar. Estou nas últimas. Bebo um chá de limão com gengibre que é nojento. Logo caio no sono. Quando acordo, Zefa também está aqui.

— Alguém perguntou por mim?

— Todo mundo.

— A Pri?

— Claro, né.

— O que ela perguntou?

— Perguntou o que aconteceu com você — responde Zefa, desviando o olhar. Sinal de que está mentindo.

Zefa levanta e deixa o quarto. Eu me pergunto quem será a nova amiga de Priscila França depois que eu morrer. De cara, não consigo pensar em ninguém. Embalada por pensamentos assim, caio no sono novamente.

Meu pai vem me fazer uma visitinha depois da janta. Piorei. A febre aumentou um pouco. Ele fala em me levar para o pronto-socorro, mas não quero ir. Minha mãe está ao telefone, falando com minha avó. Peço o *laptop* dele emprestado, para poder ver meus e-mails na cama. Foi uma péssima ideia. Não tem nenhum e-mail da Priscila. Nem para perguntar se melhorei. Nem um recadinho no Orkut, um comentário no meu blog, mensagem no celular, nada.

Acordo melhor. Quero me levantar e ir para a escola. Tomo banho, coloco uniforme e vou tomar o café da manhã, mas logo começo a tremer, e volto para a cama. Vejo Zefa correndo do banheiro para o quarto e do quarto para o banheiro, nos últimos preparativos antes de sair. Ela tem me passado relatórios das aulas que estou perdendo e do tanto de lição de casa que estou acumulando. Algumas, ela faz. Ela diz para eu tomar mais vitamina C.

— Não adianta. Agora já estou gripada.

— Adianta, sim — Ela coloca um tubinho de pastilhas laranja na minha mão.

Ela mesma toma uma, para evitar pegar minha gripe. Zefa nunca fica doente. Hoje, depois da aula, ela vai viajar para a praia com o namorado e os pais do namorado.

Capítulo 20

Entendendo melhor o capítulo 4

O namorado da Zefa tem dezoito anos e luta *kung fu*. Senta-se com a coluna reta e não come carne vermelha. Chama-se Fernando e é carioca. Também surfa em Maresias. Ele deve voar e soltar raios pelos pulsos. No fim de semana passado, enquanto eu fumava um cigarro barato e bebia energéticos, os dois estavam na casa de praia dos pais do Fernando, com certeza sóbrios e serenamente felizes.

Antes da viagem, os pais do Fernando passaram aqui em casa para conhecer nossos pais. Claro que fui participar do encontro das famílias. A mãe do Fernando é antropóloga, do tipo gente boa que entende os adolescentes. Ela deve ser um saco. O pai é economista e só queria ir logo para a praia. Quando minha mãe ofereceu um cafezinho, ele recusou e levou um olhar reprovador da esposa antropóloga. Eu fiquei sentada num cantinho, feito bicho de estimação. Minha mãe falava coisas que, de tão ridículas, eram até legais.

— A Zefa comentou que você já é faixa marrom!

Fernando respondeu que era verdade.

— Ainda bem que a Zefa é calminha. Né, Zefa?

— Para, mãe.

Pensei que ela fosse pedir para Fernando fazer uma demonstração de movimentos de *kung fu*. Daí meu pai puxou papo com o economista, mas um papo nada pessoal. Uma piadinha sobre política nacional, e o clima ficou mais tranquilo. Todos terminaram seus cafezinhos às pressas. De repente o economista se levantou, como se tivesse sido ejetado do sofá. Zefa pegou a mala e Fernando se ofereceu para carregá-la.

Quando Zefa voltou, no domingo à noite, contou que a antropóloga trabalha num projeto de sustentabilidade, e que é uma ecologista radical, do tipo que não compra peixe em supermercado por causa das bandejinhas de isopor, o que explica parcialmente o chilique da minha irmã no capítulo dez. Mas apenas parcialmente. Eu não acho que o chilique tenha a ver com nossos iogurtes poluentes. Acho, sim, que Zefa encontrou a família que combina com ela, muito mais que a nossa. Aposto que eles comem frutas o dia inteiro, acordam cedo e correm no parque. A antropóloga gente boa deve ter projetos de mudar o mundo, enquanto o economista pensa em políticas de melhor distribuição de renda. Ninguém naquela casa fica recortando cartolina na cozinha. O único adolescente da família não está perdido e desorientado fumando, queimando seu filme a cada oportunidade que aparece. O pai não passa o dia burilando um jeito de produzir celulares cada vez mais modernos para que as pessoas descartem os que têm e comprem aparelhos novos a cada ano, contribuindo para a montanha de lixo tecnológico que vai contaminar o planeta e levar à destruição da raça humana.

Capítulo 21

Concluindo o capítulo 19

Entre as ondas de febre, tenho momentos de lucidez. Agora é um. Admito: tenho muita inveja da Zefa porque o que eu mais queria agora era um único namorado, e não esse monte de garotos que só me fazem pagar mico. Um garoto que me apresente aos pais dele e que eu tivesse coragem de apresentar aos meus. Ele nem precisa lutar *kung fu*. Ele nem precisa ter pais. Eu só não quero continuar do jeito que estou, passando de garoto em garoto.

Gostaria de ter um namorado para poder escapar da Priscila. Se eu tivesse um namoradinho, qualquer que fosse, deixaria de ir ao shopping toda tarde torrar a grana que continuo torrando sempre que acompanho Priscila. Deixaria de ir a festas malucas que fazem com que eu me comporte como uma maluca. Teria com quem conversar esse monte de coisas que passam pela minha cabeça, que agora nem sei se passam por causa da febre ou por um repente de lucidez. Pode ser que eu esteja dizendo tudo isso pela febre, mas acho que não. Acho que meu mal é de outro tipo. Eu me odeio.

Capítulo 22

Sobremesa contábil

Volto à vida. São sete horas da noite e acabo de acordar do último dos meus inúmeros sonos. Levanto da cama, tomo um banho e tiro o pijama. Estou oficialmente curada. Encontro a família reunida, jantando.

— Sarei! — digo, cantarolante.

— Até que enfim — diz meu pai.

Eles estão bebendo vinho, menos Zefa, e fazem um brinde à minha saúde. Sirvo-me de arroz, purê de batata e bife à parmegiana. Que delícia voltar a comer batata! Minha mãe me dá um sorriso, como se eu fosse um leitãozinho em fase de engorda.

— Jaqueline... — diz meu pai, e para, não continua a frase.

— Fala, pai.

— A gente tem que conversar sobre um assunto sério. Mas depois da janta.

Fim do meu breve momento de felicidade caseira. Que assunto sério? Eu devo ter passado três dias entre febre, sonos e devaneios. Algo aconteceu. Assunto sério. Termino de comer num silêncio sinistro. Zefa tira a mesa e meu pai se levanta sem dizer mais nada. Volta com... Ai! Ele volta com um envelope do banco. Já entendi. A fatura do segundo mês chegou. Eu estava semimorta, ele abriu e viu.

— Pesado isso, hein...

Zefa passa um comedor de farelos pela toalha. Não tira os olhos de mim. Se viesse uma bronca, seria melhor. Mas não vem.

Meu pai desliza o papel em minha direção. Levanto a pontinha da fatura e encaro o valor no retângulo do canto direito. Ai!

— Então?

Zefa senta. A coisa virou uma reunião de família. Saco!

— Você quer uma explicação? — pergunto.

— Com certeza.

Estou pensando. Eles esperam. Não há uma explicação que justifique isso. O máximo que posso fornecer é uma explicaçãozinha mixuruca. Minha mãe interrompe meu silêncio:

— O que foi tudo isso que você andou comprando?

Sigo em silêncio. Ela não se aguenta.

— Não é possível! Você deve ter comprado o shopping inteiro. Mas eu nunca vi nada! Nunca vi você chegando em casa com um monte de sacolas. Jaqueline, por favor, diga o que está acontecendo.

Ela está certa. Eu nunca cheguei em casa com um monte de sacolas.

— Eu não comprei tanta coisa assim.

— Como não!? — minha mãe pergunta, se alterando.

Meu pai pega na mão dela e ela contém o que estava para virar um berro.

— Esperem aí.

Volto com três calças jeans, duas camisetas, uma minissaia, dois vestidos, um sapato e os unicórnios. Não tenho coragem de trazer só a parte de baixo do biquíni.

— Foi isso que eu comprei.

Então eu conto o que paguei por cada peça. A cada valor, tenho a sensação de que vou causar enfartes nos membros da família.

— O quê?! — minha mãe.

— *Quanto* você disse? — meu pai.

— Você é louca — Zefa.

Estou me sentindo bem louca, mas sigo em frente até chegar à última peça, os sapatos de Emília que eu nunca usei. Meu pai vira o sapato de cabeça para baixo. A etiqueta ainda está lá. A sola, limpinha.

— Você nunca nem usou este sapato!

Para isso não tem explicação, por mais mixuruca que seja. Não tem. É a vez do meu pai se levantar. Ele volta com uma calculadora.

— Tá. Vamos lá.

Ele pede para eu repetir os valores. A cada valor, vai se formando um caroço na minha garganta. Se ao menos minha mãe parasse de clamar por Deus e pela Virgem Maria a cada cifra, já ajudava.

— Tá — diz meu pai. — E quanto ao resto?

O resto foi dinheiro de balada, lanches, cinemas, mais baladas, táxis, ingressos para shows, mais lanches diários no shopping, cinema, maquiagem, perfumes... É um dinheiro que foi indo, sutil e sorrateiro. Fora os unicórnios milionários, não tenho um único item grandioso para apresentar. Não tenho uma filmadora digital escondida no fundo do armário, ou um *notebook* Toshiba debaixo da cama, nem mesmo uma jaquetinha da Dolce&Gabbana, se bem que acho que eles não entenderiam o estrago que uma jaquetinha assim pode causar num orçamento. Tá, tudo bem. Foi um surto. Mas não sou como aquelas americanas que aparecem em documentários porque sofrem de compulsão por compras e precisam alugar um apartamento onde vão guardando as coisas, inclusive mesas de bilhar, para que o marido não descubra, e, quando param de comprar, começam a engordar, porque na verdade elas sofrem de um tipo de compulsão. Que poderia ser por sexo.

No meu caso, simplesmente parei de prestar atenção no meu orçamento e fui gastando, sem pensar muito. Porque a verdade é que tudo o que faço custa dinheiro. Não precisei de esforço nenhum para gastar tudo o que gastei. Foi só parar de pensar sobre isso.

Termino minha “explicação” me sentindo uma completa desmiolada.

— Posso falar uma coisa? — pergunta Zefa.

Mal posso acreditar que ela vai sair em minha defesa!

— Isso que a Jackie acabou de falar é supersintomático.

Hã?

— Total. É um comportamento típico no capitalismo selvagem. A pessoa para de pensar em termos de recursos, como se vivêssemos num mundo mágico em que as coisas brotam do nada. E eu não estou falando só de cartão de crédito sem limite. Falo da falta de limite de consumo. Ela mesma falou que vai consumindo, e consumindo, sem pensar.

— Zefa, por favor. Agora não é hora pra isso.

— Por que não?

— Porque o assunto é outro — responde meu pai.

— Não! Estamos falando da mesma coisa. Aliás, o senhor também está na mesma sintonia.

— Eu?

— É.

— Zefa... por favor — Essa é minha mãe.

— O que são essas cinco televisões aqui em casa? É mais televisão que gente. Não te parece absurdo?

Meu pai fica olhando para a cara da Zefa sem resposta. Eu me pergunto se minha irmã virou um tipo de neossocialista. Minha mãe faz que sim com a cabeça, querendo dizer que Zefa está certa quanto às televisões. Zefa levanta e sai:

— É o que eu penso. Desculpa aí.

Eu fico. A pequena capitalista selvagem. Aguardo minha pena. Forca ou cadeira elétrica?

Capítulo 23

O encontro marcado

Estou sentada na mesma mureta onde conversei com Priscila França pela primeira vez na vida. Ela está sentada ao meu lado. A diferença é que naquele dia eu queria saber tudo sobre ela. Durante o tempo em que andamos juntas, descobri mais até do que gostaria de ter descoberto, só que Priscila França continua sem querer saber coisa nenhuma a meu respeito. Nunca quis. Acabo de lhe dizer que quase morri, já que ela não comentou nada sobre meu sumiço, não mandou um e-mail, nem ligou.

— Quase morreu por quê?

— Porque naquele dia que saí molhada da tua casa, peguei uma gripe horrorosa. Fiquei supermal.

— Ah.

Ela diz o "ah" enquanto olha para uns garotos que nós nem conhecemos, do outro lado do pátio. Será que ela percebeu que fiquei quatro dias sem vir à escola? Agora ela acaba de me informar que sábado vamos a um show no jóquei. Sei exatamente o preço do ingresso. Esquece. Não vou. Não fui enforcada nem eletrocutada, mas minha liberdade acabou. Não tenho mais cartão de crédito. Voltei a ter que pedir dinheirinho para tudo. Perdi o direito de administrar minhas despesas. "Até quando?", perguntei. Mas eles não tinham um plano. Nenhum plano de recuperação. Não sei até quando vou viver sem dinheiro. Agora, por exemplo, tenho vinte reais na carteira. Quanto tempo duram vinte reais? Não sei. Há tempos que não calculo quanto gasto por dia.

— Não vou.

— Como não?

A pergunta que Priscila não faz é: "E eu vou com quem?".

— Tô sem grana.

— Eu empresto.

— Mas eu não vou ter como pagar.

— Para, Jackie. A gente vai.

Eu não vou. Agora não é mais por grana. Cansei de ser a coadjuvante de Priscila França. Pulo da mureta.

— Você nem precisa me pagar — Ela pula também. — Vamos! Você vai, né?

— É sério, Priscila. Não vou.

— Mas a gente tem que ir.

— Eu não tenho que ir.

Priscila faz uma cara de nojo, aperta o rabo de cavalo e me dá as costas. Sai andando. Eu saio andando. Só que não sei para onde. Priscila vai conversar com alguns garotos. Dou duas voltas ao redor da quadra, sozinha. Talvez eu tenha acabado de perder minha única amiga. Quando vejo, estou andando em direção à biblioteca. Saudades da biblioteca.

— Oi, sumida.

É a bibliotecária, que durante o primeiro semestre foi uma das poucas pessoas com quem eu falei. Credo, eu era uma figurinha realmente patética. Se bem que agora não sei se sou muito melhor. Estou na seção de literatura brasileira, quando recebo uma mensagem no meu celular.

"Comprei seu ingresso. Você vai! Sua boba."

Nas minhas mãos tenho *O encontro marcado*, de Fernando Sabino. Irônico. Leio o texto da quarta capa: "História de adolescência e juventude; de prazeres fugidios, desespero, cinismo, desencanto, melancolia, tédio que se acumula no espírito...". É esse! Retiro o livro e me sento numa mesa de leitura. Seleciono "Responder". Não sei como responder. Abro o livro. Ele começa com um trecho de uma carta. "O homem, quando jovem, é só, apesar de suas múltiplas experiências. Ele pretende, nessa época, conformar a realidade com suas mãos, servindo-se dela, pois acredita que, ganhando o mundo, conseguirá ganhar-se a si próprio." Volto algumas páginas. Isso foi escrito em 1956. Antiquérrimo! Volto à carta e encontro a frase com a qual respondo à mensagem de Priscila França:

"Nascemos para o encontro com o outro, e não o seu domínio."

Seleciono "Enviar". Ela não vai entender nada mesmo.

Meu pai tem perdido a noção de tempo ultimamente. Isso porque ele anda fora do tempo. Segue trabalhando em fins de semana, madrugada. Trabalha até depois que chega do trabalho.

— A Expoflora termina neste fim de semana — diz minha mãe.

— Já?! — meu pai.

— Seu pai ligou perguntando se a gente não vai.

Digo que vou. É isso. Quero ir para Holambra ver meu avô Johan.

— Vamos?!

Desde que fiquei sem cartão, minha família me trata como se eu fosse uma espécie de dependente químico passando por um tratamento de recuperação. Agora eles devem estar felizes de eu ter escolhido ir para Holambra, e não para um shopping center, me lançar trêmula e desesperada contra vitrines. Se ao menos eles entendessem que o rombo orçamentário não teve nada a ver com compras em si... Mas eles não percebem. Quando passa propaganda na tevê, meu pai muda de canal rapidinho. Se saio com minha mãe, ela faz de tudo para que eu não esteja junto quando vai às compras, mesmo que seja no supermercado.

Zefa, então... Ela está disposta a me salvar. Fica dando ideias de coisas divertidas que podemos fazer sem dinheiro. Exposição no Ibirapuera, passeata na Paulista, festival de teatro com ingressos a um real, tudo supercultural, supercabeça e super nada a ver comigo.

Eu já expliquei mil vezes que consigo segurar a onda, que não vou sair comprando tudo o que vejo pela frente, mas eles não confiam. Para eles, meu comportamento foi uma anomalia. Temem que eu tenha "recaídas".

Capítulo 24

Patos naturais

É como se estivéssemos dentro de uma versão vegetal, úmida, quente e adubada do shopping Iguatemi. Nunca tinha visto a Expoflora assim. Antes, como eu assistia dia a dia à construção da feira, e por estar vestida feito uma camponesa de calendário, eu nem reparava direito naquilo que é para se reparar: as flores. Pensando bem, acho que nos últimos anos, por ficar circulando a caráter pela festa, não vi nada de exposição de flor. Tinha preguiça de pegar fila. Mas agora, aqui estou... virei uma turista na minha própria cidade. Estou na tal fila, com minha avó, minha mãe e Zefa. Passamos por várias vitrines de flor. Todas temáticas. Tem os arranjos futuristas, os de faroeste, os românticos, os campestres, os divinais, os góticos... É um parque temático de flores. Funciona. As pessoas saem completamente fissuradas. Seguem direto para a área de venda de mudas e compram. Nem que seja um vasinho de violeta, um minicáctus que não vai dar trabalho, uma suculenta que não precisa aguar, algum verdinho. Ninguém sai de mãos abanando. Daí tem aqueles que se empolgam de verdade e levam árvores, orquídeas, sementes, primaveras, bromélias floridas. Lotam os porta-malas. Que fim terão essas plantinhas? Será que vão sobreviver? Eu mesma nunca cuidei de uma plantinha, mas por ter morado aqui minha vida toda sei muito bem que elas não são mercadorias que a gente sai comprando assim, só porque estão à venda. Algumas simplesmente não vão pegar. Será que as pessoas sabem que elas estão vivas e podem não gostar das novas casas, rejeitar o tipo de terra onde serão plantadas, que podem pegar fungo ou ferrugem? Do jeito que elas são carregadas por compradores sorridentes, tenho a sensação de que ninguém está se dando conta dessas possibilidades ocultas, pois, ao contrário do que prometem os cartões de crédito, algumas coisas a gente não compra. A maior ironia da Expoflora é que planta é uma delas. Amizade é outra. E amor... Coisas para dizer quando encontramos amigas que agora nos parecem estranhas. Carinho. A casa da avó da gente. Intimidade com a irmã que era sua melhor amiga e da qual você foi se afastando. Um namorado. Tempo. Uma sensação de saudade de coisas que estavam tão perto. Nem parcelando, nem com crédito ilimitado, nem em *cash*.

Ao encontrar minhas amigas a caráter, com trancinhas amarelas que lembram uma versão nórdica do bigode do Dalí, vejo como estou diferente. Elas comentam minhas mudanças externas. Mas não é disso que estou falando. Não temos muito que

conversar, não por falta de assunto, mas de sintonia. Fico perguntando sobre coisas do passado, e quanto mais elas contam as novidades, mais vejo que nada mudou.

Quando começam as danças, meu pai não é tomado pelo espírito ancestral. Ele só bate os pés ao ritmo da música. Vô Johan o chama para subir no palco, mas ele não vai. Meu avô dá os ombros e continua girando feito um planeta.

Zefa e eu dormimos em colchões na sala. Meus pais estão no quarto de visitas. É uma hora da manhã, e a gente ainda está batendo papo. Finalmente consigo perguntar tudo o que eu sempre quis saber sobre Fernando, o namorado carioca. E ela me conta tim-tim por tim-tim. Minhas perguntas vão ficando cada vez mais intrometidas, mas Zefa não reclama. É como um programa de auditório. Meu telefone toca a cada cinco minutos.

— Quem é que te liga tanto?

Priscila está parada na porta do jóquei com meu ingresso na mão, desesperada porque não me encontra. Ela já perdeu o primeiro show. Zefa tem um ataque de riso tão alto que abafa o som com um travesseiro. Escrevo uma mensagem dizendo que mudei meus planos. Passei o dia numa exposição de flores e agora estou cansada. E, para completar, desligo o celular, a maior das traições.

Acordo com uma barulheira na cozinha. É meu avô Johan madrugando. Lá fora ainda está escuro.

Todo mundo continua dormindo, mas eu me levanto. Ele está com o gorro vermelho que parece cueca. Começamos a conversar aos sussurros. Ele pergunta como está a vida em São Paulo.

— É estranho...

— Sei...

— Mas eu não gostaria de voltar pra cá.

É verdade. E só agora que digo é que me dou conta disso. Por mais que desde que fui para lá minha vida tenha sido pagar um mico atrás do outro, gosto da cidade grande, com a confusão, a rapidez de tudo, os milhares de programas e pessoas. O caos combina comigo.

Meu avô me chama para ir à padaria com ele. Vamos de bicicleta. Ele, com o gorro-cueca vermelho. Ninguém nem repara. Vai ver que é porque ele mesmo não se incomoda com isso. Na volta, circundamos o lago. Uma família de patos passa por nós na maior naturalidade do mundo, como se estivéssemos num desenho animado. Para mim, já não é natural ver patos alinhadinhos. Como pude passar tanto tempo dentro de um shopping? Aquilo me parecia uma rotina natural. Ficar andando em círculos. É o que todo mundo faz. Não tem nada menos natural do que ficar andando dentro de uma caixa de sapato gigante onde as casinhas viram vitrines; os cidadãos, consumidores; e os parques, praças de alimentação *trash*. Um lugar onde a temperatura não muda, não chove, não venta e não faz sol. E, no entanto, são inúmeros os bebês que passam a tarde sentadinhos em seus carrinhos, deslizando pelos corredores do shopping, com suas babás vestidas de branco. Eu devo parecer uma velha pensando essas coisas, mas penso no futuro desses bebezinhos criados em shopping centers. Deprimente...

Meu avô emparelha comigo.

— Ouvi dizer que você virou uma patricinha doida.

O comentário já é absurdo. Dito com sotaque holandês, me faz cair na gargalhada. Por pouco não tombo da bicicleta.

— Virei.

— Deve ser um barato sair torrando dinheiro. Não é não?

Foi.

— É... Mas acabou. Meu pai cortou meu cartão. Você já deve estar sabendo.

— Ele comentou.

Seguimos pedalando.

— Comprou alguma coisa pra mim, pelo menos?

Nem preciso responder.

— Nem um terninho do Armani?

— E você ia vestir Armani em Holambra, vô?

Pergunta errada. Claro que ia. Com cueca vermelha na cabeça, na boa.

Capítulo 25

Se minha vida fosse um videoclipe

Não estou sentada na mureta de sempre. Nem na biblioteca. Nem dando voltas pelo pátio, feito uma barata tonta. Estou sentada meio que perto da turma da Zefa, que definitivamente não é a minha, mas estou tocando gaita. Sei lá onde está Priscila França. Durante as primeiras aulas do dia, ela nem olhou para mim. Claro que estou me sentindo culpada. No entanto, disposta a aguentar a culpa e manter distância. Ela nunca foi minha amiga, para dizer a verdade. Mas uma coisa eu devo a ela. Graças ao seu enorme poder de circulação entre os garotos, não estou mais sozinha. Dois fãs de Priscila França estão bem à minha frente, assistindo ao meu "concerto" e comentando que é demais. E como agora não há nenhuma Priscila França fazendo um escarcéu só porque estou tocando gaita, não é mais um mico. Um dos garotos comenta que meu som é muito *cool*. Eles meio que ficam olhando para o céu enquanto escutam. Estão deitados de costas, feito bichos de zoológico. Faz um solzinho gostoso, e estamos presos dentro de uma escola na hora do intervalo. Enjaulados. Eu devo ser um sabiá. Para quem começou o ano como peixe-esponja, até que está bom. Sigo tocando. Às vezes, quando percebo que tem um montão de gente olhando, sinto uma onda de vergonha atravessar meu corpo. Então fecho os olhos, mas continuo.

Hoje chove pesado. Ficamos no ginásio. Não tenho coragem de tocar aqui pelo medo da acústica.

— Você não vai tocar?

Não conheço essa pessoa que pergunta. Explico que, se eu tocar aqui, o som vai explodir. Sei lá o que quero dizer com "som explodindo", mas a pessoa entende e insiste para eu tocar mesmo assim. Diz que faz falta, que todo mundo já se acostumou com minha trilha sonora. Por alguns segundos eu me sinto como um músico de churrascaria.

— É sério. A gente curte mesmo.

Então eu toco e o som explode muito mais do que eu imaginava. Dessa vez não é uma trilhinha de fundo de churrascaria. O ginásio vai se aquietando, aquietando, e, quando dou por mim, não vejo bocas se mexendo. A escola toda ficou quieta para ouvir minha música. Algumas cabeças balançam para a frente e para trás. Eu me sinto como num clipe. E é um clipe a que a gente assiste trinta mil vezes sem cansar. Talvez esse seja o melhor momento da minha vida.

Hoje não toco direto. Toco nos intervalos entre as conversas, porque estou numa roda de novos colegas que foram se aproximando por causa da minha gaita. Eu sou o flautista de Hamelin. Primeiro, só tocava. Ficava escondida atrás da música. Agora não. Estou usando meus sapatos Camper feitos de retalho de couro. Ainda vivo de dinheirinho em dinheirinho. Não vou mais ao shopping toda tarde. Muito menos à casa da Priscila (ela nem olha mais para mim). Parei de me sentir como uma pata-choca cada vez que calço esses sapatos. Ou vai ver eu incorporei um pouco da personalidade de pata-choca. Esses novos amigos são um pouco patolinos, cada um ao seu modo. Tá. Vou dizer a verdade. Vim parar na turma dos esquisitos da escola. Somos seis, com mais três que, de tão esquisitos, são figuras meio satélites. Nós somos razoavelmente esquisitos. Não completamente. Tem gente muito mais esquisita. Recentemente conheci um garoto que, quando fica com raiva do mundo, morde livros na biblioteca. Eu o encontrei no ato, com um livro na boca. Dei um passinho para trás. Era a seção de literatura estrangeira, de D a H. Podia ser um Dostoievski, vai saber. Ao me ver, tirou o livro da boca. Eu só queria passar pelo começo da estrangeira e chegar ao fim da brasileira, onde estaria Telles, Lygia Fagundes. Ele grudou as costas contra as estantes. O livro babado na mão. Eu passei rapidinho, como se ele fosse uma lagartixa. Pelo menos não pulou em mim. Ele se foi e eu encontrei um Trevisan, Dalton, com uma arcada dentária fresquinha. Isso sim é esquisito.

Nenhum dos meus novos amigos tem cartão de crédito, o que me faz pensar que talvez meu pai tenha viajado na maionese. No entanto, cá está Zefa, com seu cartão e as finanças em dia, tudo dentro dos limites, a prova viva de que o problema não era o cartão. A insinuação viva de que o problema era eu. Tudo bem. Vai ver puxei à minha mãe. Ela não tem até hoje. Diz que não consegue.

Meus novos amigos também vivem dentro de limites. Não que os limites que nossos pais estabeleçam sirvam de parâmetro para um estilo de vida. Para fazer tudo o que a gente tem vontade de fazer, teríamos de romper com esses limites. O limite é isso mesmo. Um cercadinho onde colocam a gente. De dentro desse cercadinho, vejo um mundo de coisas que gostaria de ter e fazer. A diferença é que antes era um cercadinho de madeira, fácil de pular. Agora não. Ele é de cerca elétrica, e eu nem ouso.

Aos poucos estou saldando minha dívida. Só de não andar com Priscila já faço uma economia incrível. Bom mesmo seria se eu conseguisse recuperar minha imagem. Desde que paramos de andar juntas, Priscila tem falado um monte a meu respeito. Abriu uma comunidade no Orkut chamada "Chupando cana e tocando gaita", que você pode imaginar. Está com mais de sessenta membros. Na maioria, pessoas que estão "indo à beira da loucura com a música irritante e horrorosa dos novos tocadores de gaita que têm invadido nossa escola". Ou gente que "simplesmente não entende como a direção da escola permite um negócio daquele. Começa com uma gaita maldita e daqui a pouco vai ter gente formando uma orquestra". Alguns comentários me assustam. "Qualquer dia dou um bico naquele negócio que vai fazer aquele troço descer goela abaixo. Ou alguém tem sugestão melhor de onde enfiar a gaita?"

Isso, quanto à gaita. Mas, ela também tem falado de outros comportamentos meus. Uma série de histórias sem pé nem cabeça que, cada vez que chegam até mim, me dão vontade de chorar. Depois vontade de confrontá-la, depois fico com dó, mas é um dó falso, e por fim resolvo que vou deixar de lado. Não porque eu não me importe, mas por medo de que, se eu revidar, a coisa piore.

Capítulo 26

Príncipe Charles

Minha nova vida não permite que eu saia em dias de semana. Todos os programas custam dinheiro, e, como não tenho mais dinheiro, fico em casa até readquirir meus direitos. Por "direitos" quero dizer "dinheiro". Não há muito o que fazer sem dinheiro. Correção. Não dá para fazer *nada* sem dinheiro nesta cidade. Eu imagino que no Rio de Janeiro você possa sair a pé e dar uma voltinha na praia. Em Recife... Mas em São Paulo? Por isso estou aqui, sentada na mesa da cozinha, desabafando com minha mãe, que segue trabalhando nos seus artesanatos enquanto desenvolvo minha teoria de como tudo na vida está associado a dinheiro. Ela deixa a cozinha. Volta com uma caixa de sapatos. Abre a caixa e despeja uma pilha de camisinhas sobre a mesa.

— Que é isso, mãe?! Pirou?

— Um negocinho que inventei.

Minha mãe abre uma pasta vermelha. Reconheço a bundinha que tinha visto outro dia mas que achei que tinha visto errado.

— Quero saber sua opinião.

Ela me entrega uma bundinha de calcinha vermelha com bolinhas brancas. É um cartão. Dentro do cartão tem uma camisinha grudada. Viro o cartão, e do outro lado é um coração vermelho com bolinhas brancas. Ou seja, se você segurar de um jeito é uma bundinha; do outro, um coração.

— Você pode guardar a camisinha na bunda ou no coração. Não é legal?

Viro o cartão do outro lado. Abro, fecho, abro de novo.

— Você que inventou isso?

— Foi. O que você achou?

Minha mãe cruza os braços sobre a mesa. Espera minha resposta. Estou chocada.

— Pra quê?

— Pra que o quê?

— Pra que serve isso?

— Ai, Jaqueline! É um cartão. Pode ser de Dia dos Namorados, aniversário, sei lá. Você não gostou?

— É bem louco.

Na verdade, é fofo. Só continuo chocada. Não imaginava que daquele monte de cartolina fosse sair algo assim.

— Tipo, eu estou numa balada e mando um desses... É isso?

— Você acha que está muito grande para levar na balada? Foi o menor que consegui fazer.

— Não... O tamanho tá bom. Mas você não acha muito assim... escancarado mandar uma camisinha pra alguém?

— As pessoas não vão transar de um jeito ou de outro? — pergunta minha mãe.

— Sei lá. Como eu vou saber?

— Bem, isso também não é problema meu. Já fiz duzentos.

Enquanto minha mãe fala, ela vai encaixando as camisinhas que estão sobre a mesa dentro dos cartões. Quando dou por mim, estou ajudando. Ela diz que já patenteou e que tem pedidos. Uma loja na Vila Madalena encomendou trinta unidades.

— Estou indo lá entregar. Quer ir comigo?

Quando paramos no sinal vermelho, preciso subir o vidro para evitar que o carro ao lado ouça as coisas que minha mãe está dizendo:

— O que você acha de "Sexo Sutil"? Pensei também em "Trepadinhas". Ou... Mas esse não sei se é bom: "Prelúdio". Meio feio, né?

Acho tudo muito explícito. Quando estou para dizer isso, "explícito", tenho um clique:

— Que tal "Garota Invisível"?

— Jackie!

Minha mãe desacelera e fica olhando para a minha cara.

— Você é um gênio. Fechou. É isso. Garota Invisível!

A tal loja da Vila Madalena vende desde ETs verdes infláveis até babador de bebê. Tudo muito moderno e divertido. O dono da loja é amigo íntimo da minha mãe. Realmente eu passei muito tempo longe da minha família. Isso é que dá. Ela me apresenta.

— Que gatinha! Menina, sua mãe tem coisas óóótimas! Adoro!

Além de amostras do exclusivíssimo cartão porta-camisinha, ela trouxe as xícaras que parecem sapos.

— Luuuu-xo! — grita o dono da loja. — Queee-ro!

Ela deixa as xícaras em consignação. Deixamos a loja e ela diz que tem que passar num brechó que também está interessado nos cartões. Largamos o carro no estacionamento e seguimos andando. Minha mãe vai cortando caminho por umas ruelinhas que eu nem sabia que existiam.

O brechó se chama Mofo & Bolor. Enquanto minha mãe conversa com o dono, vou andando a esmo. O primeiro ambiente é entulhado de cacarecos. Numa penteadeira de conto de fadas ficam pendurados colares, pulseiras e brincos de décadas passadas. O lugar lembra o camarim de uma dançarina de cabaré. Tem até plumas fincadas numa cabeça de isopor. Num cabideiro, há uma coleção de chapéus de época. Alguns têm redinha que as mulheres usavam para tapar os olhos. Devia ser charmosíssimo usar algo assim. Uma pena que não usamos mais. Provo um e me olho num espelhinho de mão que também parece ter saído do castelo da Cinderela. Há um biombo japonês e um canapé cor de champanhe. Sobre o biombo estão pendurados xales floridos. Sobre uma mesinha encontro leques pretos de espanhola, anéis de pedras enormes, anéis de caveira, anéis com sininhos. A mesa tem um tampo de vidro e debaixo dele há uma montagem de cartões-postais de verdade, da era pré-internet. Dá para ver pelos carimbos. Paris, Milão, Londres, Atenas, Rabat, Amsterdã, Madri, Munique, Nova York, Havaí, São Francisco, Berlim. Na parede tem um painel de fotos. Reconheço o dono do brechó. Ele está abraçado ao

Miguel Falabella. Numa outra foto, a Malu Mader dá uma bitoca na bochecha dele. Tem a Luana Piovani com um chapéu de plumas. Ao lado está uma foto com o Gianecchini de um lado, a Marília Gabriela do outro, e o dono do brechó no meio. O Gianecchini está sem camisa e o dono do brechó usa óculos de lentes cor-de-rosa. Mais acima tem a Madonna imitando a Marilyn Monroe, mas daí não é foto autêntica. É uma reprodução. Sigo andando por um corredor e dou num segundo ambiente, atolado de casacos de inverno e calças masculinas. Passo reto e caio numa outra sala de vestidos de festa. No meio da sala tem um divã branco de couro. Eu me deito.

Do teto pende um candelabro com centenas de pingentes de cristal. Será cristal mesmo? Não deve ser. Tudo aqui é falso: pérolas, as correntes douradas, os rubis, o tapete de pele de urso. No entanto sinto uma verdade no ar, como se, por serem usadas, por terem passado por sabe-se lá quais lugares e vidas, essas coisas tivessem se tornando legítimas. As coisas aqui contêm um outro tipo de verdade.

Já não consigo mais ouvir a voz da minha mãe. Vou mexer nos vestidos. Estão separados por cor. Começo pelos verde-água, uma cor absurda que a gente só vê em filme, mas que não deixa de ser linda. Todos longos e farfalhantes. Tiro um da arara. É tomara que caia com uma saia rodada feita de camadas e mais camadas de tule, e sobre a última camada estão salpicadas florzinhas azuis. Ele vem acompanhado de um par de luvas longas de cetim. Fora a entrega do Oscar, não consigo imaginar outra ocasião para usar um negócio assim. Espio o corredor. Ninguém. Tiro a roupa e provo o vestido, com as luvas. Abro uma portinha e encontro uma saleta toda revestida com espelhos. Estou cercada por repetições de mim mesma num vestido de fada azul. Eu poderia viver nesse vestido. Sigo andando e encontro um quartinho com grinaldas, tiaras de diamante falso, perucas, cílios, laços de cabelo e coroas. Sim, coroas. Coloco uma na cabeça e corro de volta para a saleta dos espelhos. Tudo a ver usar esse vestido com uma coroa de pérolas. Volto para a salinha das coroas, onde encontro mais fotos do dono do brechó. Aqui ele está abraçado a *drag queens* de dois metros de altura. Uma delas está com a língua de fora, sendo que a língua tem duas pontas, que nem a das serpentes.

— Jackie! — grita minha mãe.

Tiro o vestido rapidinho. Estou devolvendo-o para o cabide, quando vejo a etiqueta: Dolce&Gabbana. O quê?! Não acredito. Mas é. O vestido ao lado é um Dior, depois vêm um Prada e outro Dior. Vejo também os preços, e quase caio dura. Vou correndo até minha mãe.

— Vamos embora?

O dono do brechó tem o sorriso do Coringa estampado na cara. Ele estende a mão para mim.

— Charles — diz com sotaque britânico.

Mas é só imitação. Tá na cara que ele é brasileiro.

— *Au revoir*... — ele diz, meio cantarolando, enquanto saímos.

Capítulo 27

Voltando ao capítulo 18

Naquela noite em que cheguei na minha casa encharcada, espirrando, nariz escorrendo, trêmula e humilhada, tomei um banho quente, aspirina, e fui para a cama. Mas antes liguei para André, lamentando, desta vez de verdade, e pedindo desculpas sinceras, explicando que eu estava mal e não poderia sair com ele aquela noite. Como eu havia passado semanas dando esse mesmo perdido, claro que ele não acreditou. Achou que era isso, mais uma desculpa, e concluiu que, na verdade, devia ter aparecido um programa mais legal, e por isso outro furo meu. Ele apenas disse:

— Tá... Deixa pra lá.

E desligou. Eu não podia ligar choramingando e dizer: "Dessa vez é verdade", mesmo que fosse o que eu mais queria fazer. Naquela noite, senti um tom de muito, muito saco cheio em sua voz. Não teria perdão. Ele nunca mais me ligaria. Dito e feito. Não tive mais notícia do André.

Agora fico aqui, entrando diariamente no Orkut dele para descobrir se ele está namorando, o que tem feito, com quem tem saído. Entro nos blogs dos amigos dele, tentando encontrar no mundo virtual rastros da sua vida real. Nunca mais conheci ninguém como ele. E quanto mais a gente se distancia, mais percebo como ele era legal, como gostava de mim de verdade. Outro dia conversei sobre isso com a Zefa. Ela ficou quieta, só ouvindo enquanto eu abria meu coração.

Zefa conheceu André. Achava que a gente tinha tudo a ver. Depois que terminei de falar, ela me saiu com um "Você nunca mais vai conhecer ninguém que nem ele". Assim, como se jogasse uma praga! Fiquei louca da vida. O bom-senso diz justamente o contrário. Qualquer consultora sentimental, por mais picareta que fosse, diria: "Você ainda vai conhecer muitos garotos nessa vida. Não deu certo com ele, mas isso não significa que não existam outros pelos quais você vai se interessar". Mas ao ouvir aquele absurdo, vindo da boca da minha irmã, achei que ela pudesse estar certa.

Talvez eu tenha encontrado minha alma gêmea e a descartado, e agora nunca mais. André era o homem da minha vida e eu nem percebi. Passarei o resto dos meus dias procurando, procurando... Minha mãe conheceu meu pai quando eles tinham treze anos. Ela disse que, de cara, soube que seria ele. Estava passando férias em Campinas e o conheceu numa festinha de aniversário do primo dele, que era afilhado da mãe dela.

Basta ver minha vida nos últimos meses. Fiquei com trocentos garotos e nenhum foi tão legal quanto André. Ou seja, eu tenho estatísticas que comprovam minha teoria. Talvez Zefa tenha razão. E agora?

Bem, agora eu devia ligar para ele.

Capítulo 28

Processo industrial

— Oi, André! Lembra de mim?
— Oi.
— Sarei.
— Que bom.
— É... E aí?
— Beleza.
— ...
— ...
— André?
— Hum.
— Eu morro de saudade de você.
— Sei.
— Sério.
— Tá.
— Você não acredita, né?
— Nem um pouco.
— O que você está fazendo agora? E se a gente se encontrasse?
— Eu tô meio ocupado.

Mas então eu pulo de trás de uma banca de jornal e aterrisso bem na frente dele. Tchã-nan! Ele dá um pulo para trás. Por essa ele não esperava. Ele ainda está com o celular na orelha, e olha para a minha cara, passado. Eu fecho meu celular. Ele fecha o dele e abre um sorriso. Vacila por alguns segundos, mas cede, me abraça. É um abraço longo e forte, durante o qual prometo a mim mesma nunca mais descartar as pessoas assim, sem mais nem menos, achando que depois consigo outro igual, como se pessoas fossem mercadorias passíveis de troca.

Depois do abraço não entrou uma música da Björk para que déssemos as mãos e saíssemos rodopiando. O silêncio e o estranhamento estavam de volta. Não tão silencioso nem tão estranho, mas estamos longe de ser o que já fomos. Seguimos andando lado a lado. De ambas as partes há esforço para agir normalmente. Não é fácil. Não vai ser fácil retomar do ponto em que tínhamos parado. Correção. Vai ser impossível. Estou com o filme queimado, e isso a gente não conserta assim, num plim. Mas estou disposta a tentar. Minha vontade é de pegar na mão dele, mas não posso. Também não posso gritar de felicidade por estar aqui, nem dizer a ele como não havia me dado conta de que ele é um gatinho. Isso está sendo uma verdadeira operação de autocontrole. Para quem andava completamente desgovernada, exige um esforço tremendo.

O telefone dele toca. Ele atende e eu finjo que não estou ouvindo. É uma conversa cheia de reticências. Evidente que está falando com alguma garota. Pelas coisas que não diz, percebo que são coisas que ele não quer que eu saiba. Acabamos de passar em frente àquele cinema do nosso primeiro encontro. Estou para convidá-lo para entrar e ver que filme está passando, quando ele diz:

— Jackie, tenho que ir. Foi legal te ver.

— Ah, tá.

— Bom, a gente se vê.

E eu fico aqui, plantada, olhando enquanto ele se afasta, até dobrar uma esquina e sumir. Fim.

Recolho alguns cacos de dignidade da calçada e volto para casa. Faz um dia lindo. Depois de muita chuva, o céu de São Paulo está azulzinho, coisa raríssima de se ver. Deve ser um toque de ironia para tornar meu sofrimento ainda maior, fazendo com que eu sofra totalmente sozinha, sem ter nem mesmo um clima cinzento, com garoa, para refletir minha tristeza. Que nada. No ônibus o motorista liga o radinho na Ivete Sangalo. Não me surpreenderia nem um pouco se agora todos começassem a pular e cantar. Tudo bem. Já entendi. Ninguém vai ter piedade de mim.

Em casa, Zefa segue cada dia mais apaixonada por Fernando, e vice-versa. Minha mãe está se dando superbem com a Garota Invisível Objetos & Cia. Parou de reclamar da vida em São Paulo e anda cheia de planos. Meu pai tem apenas uma novidade. Um colega de trabalho teve um piripaque anteontem. Foi parar no hospital com pré-infarto por causa de stress, excesso de trabalho, falta de exercício físico. Meu pai foi visitar o cara. Voltou para casa assustadíssimo, pensando, claro, que podia ter sido com ele. E podia mesmo. Quantas vezes ouvi minha mãe dizer que trabalhando desse jeito ele ia ter um treco qualquer dia? Agora mesmo, ele está com um prato de salada na frente e mal consegue falar, em estado de choque. Enquanto isso minha mãe se segura para não soltar um “Eu não digo?”.

Talvez seja isso. Talvez a gente só aprenda na base da cabeçada mesmo. Bem, eu sou a prova viva disso.

Coitado do meu pai.

Deixo a mesa e vou para a cozinha fazer o iogurte da Zefa. É complicado, trabalhoso e leva muito tempo. Perfeito para uma pessoa como eu. Leva mais de doze horas. Quer dizer, não que eu fique doze horas na cozinha. Ele tem que descansar durante esse tempo. Como sou devagar na cozinha, leva catorze horas no total. Zefa entra justamente no momento em que estou derramando um potinho de iogurte no leite.

— O que é isso?

— O iogurte que você não fez.

— Mas isso não faz o menor sentido!

Então Zefa começa a discursar sobre o absurdo que é ter comprado um potinho de iogurte para fazer iogurte. Graças a Deus minha mãe está por perto e vem ao meu socorro.

— E ela ia fazer iogurte a partir do quê, Zefa?

— Do zero, ué.

Zefa achava que a gente ia fabricar o iogurte em si, misturando as bactérias vivas, que nem em laboratório.

— Eu achava que a gente ia comprar a *Streptococcus thermophilus* e a *Thermobacterium bulgaricus*.

— A o quê?

Ela repete os nomes das bactérias como se dissesse "a farinha e o fermento". Segundo Zefa, a ideia era combater o processo de industrialização. Eu sigo cozinhando. As duas entram numa discussão absurda em que Zefa, por fim, dá o braço a torcer. Ninguém aqui em casa vai sair comprando saquinhos de *Streptococcus thermophilus* e *Thermobacterium bulgaricus*. Nem ela. Agora ela está sentada no canto, prestando atenção na trabalheira que dá salvar o planeta, com cara de tacho. Mas eu não ligo. A pequena capitalista selvagem segue trabalhando.

— Zefa, você pode pegar um cobertor velho, por favor?

— Pra quê?

— Pra enrolar a vasilha.

— Hã?!

Zefa assiste de queixo caído à operação de embrulhar muito bem embrulhada a vasilha de iogurte num cobertor. Pego três cintos meus e dois da minha mãe e afivelo o pacote como se fosse uma bomba. Deixo a coisa em cima da mesa e vou assistir televisão. Zefa fica ali, horrorizada com o fim do processo industrial.

Capítulo 29

Passagem de ida

Voltei ao Mofo & Bolor para entregar mais cartões. Virei a *office girl* da Garota Invisível Objetos & Cia. Charles pede para eu esperar um pouquinho. Ele está atendendo uma cliente. Aponta uma poltrona onde sento, abro uma revista e finjo não prestar atenção no papo dos dois. A cliente está com uma mala de rodinhas. Abre o zíper, vira-se para mim e, percebendo que estou em alfa, tira a mercadoria. Agora mal me mexo. Charles estica um vestido preto, reto, chique de morrer.

— Jackie, vem cá.

— Eu?

— O que você acha?

— É lindo.

A freguesa acende um cigarro, dá uma longa tragada.

— É um Chanel.

— Dou cinquenta.

A freguesa apaga o cigarro que acabou de acender. Tira o próximo vestido da mala. Novamente Charles me pergunta o que acho. Acho que quero sumir. É constrangedor. Esses vestidos foram usados quantas vezes? Parecem novinhos. Mas pior são os preços que Charles oferece. Cinquenta reais não pagam nem um botão daquele vestido! Lembro do vestido azul que experimentei da última vez e do preço ridículo da etiqueta. Lembro dos meus unicórnios. Na Mofo & Bolor minha camiseta de unicórnios deve valer uns três reais! Isso aqui é um anti-shopping. Bem-vindos ao mercado de desvalores. Será que é por isso que eu gosto tanto de vir aqui? A terra dos desvalorizados?

A mulher recebe um cheque de 150 reais e vai embora. Acho que nunca vi ninguém fechar um negócio tão esdrúxulo. Ou vai ver a maluquice começou muito antes, quando ela pagou três mil reais por um vestido. Uma das primeiras coisas que passou pela minha cabeça quando perdi meu cartão de crédito foi vender meus sapatos Camper, uma calça jeans, um vestido e os malditos unicórnios. Na minha inocência, pensei que, somando esses valores, e com um pequeno desconto de desvalorização, daria para recuperar uma grana legal. Mas logo descobri que não é assim que funciona. Uma camiseta daquela só pode valer aquilo dentro de uma loja incrível, dentro do shopping, dentro da cabeça desvairada de uma garota totalmente desorientada. Só assim.

Charles está para falar comigo quando chega outro freguês. Ele pede para eu esperar mais um pouquinho. Desta vez é um homem, que deve ter uns 28 anos. Gatíssimo. Será um prazer esperar mais um pouquinho. Ele também vem com uma mala, o que me assusta. Eu achava que essa era uma loucura típica de mulheres. Ele deixa a mala e sai. Volta com mais duas. Credo!

— Quando você viaja? — pergunta Charles.

— Em quinze dias.

O nome do viajante é Vinícius. Até a semana passada era advogado. Antes tinha sido bom aluno. Quer dizer, isso é interpretação minha. Mas tem todo jeito de ter sido. Há cinco anos ele trabalhava num escritório de advocacia, ganhando uma grana absurda. Isso, concluí pelos ternos que veio vender e pelos sapatos italianos, camisas e gravatas. Então, um belo dia (há dois meses), Vinícius decidiu que estava desperdiçando sua vida. Essas foram as palavras dele. Desperdiçando. Resolveu que ia cair fora e dar um giro pelo planeta. Dentro de quinze dias Vinícius vai colocar uma mochila nas costas e pegar um avião para Londres. A partir daí, não tem nada planejado. Pode seguir para leste, oeste, norte, sul. Também não tem data para voltar.

Neste ponto eu não conseguia mais fingir que estava sentadinha num canto sem prestar atenção no que eles falavam. Percebendo minha cara, que devia ser de total fascinação, Vinícius me incorporou à conversa. E, se eu já estava completamente maravilhada com o plano de vida dele, imagine meu choque quando descobri que essa não era a primeira vez que ele fazia isso. No dia em que completou dezoito anos, foi para Israel. De lá, seguiu para Amsterdã e Berlim. Em Berlim trabalhou em danceterias, servindo drinques coloridos. Isso durou seis meses. Daí ele se cansou do frio e foi para Madri, onde passou um ano, apaixonado, vivendo com uma colombiana, fazendo sei lá o quê. Então voltou para o Brasil, mas antes aproveitou para dar um pulinho em Machu Picchu, um pulinho que durou três meses.

Logo concluí que ele devia ter muito dinheiro para sair viajando assim. E daí veio o segundo choque. Na viagem dos dezoito anos a grana acabou no primeiro mês.

— E aí? — perguntei.

— Depois eu fui me virando.

— Como?

— Ah, eu precisava de bem pouco para viver. Um lugar para dormir, comida, e só, basicamente.

Aquilo não tinha nada a ver com os ex-hippies amigos de vô Johan que conheci. Nada a ver com as histórias malucas que eles contavam, de vida comunitária em casas sem portas. Vinícius era uma espécie de homem livre. Ele podia sair flanando por aí.

Ouvindo sua conversa com Charles, me dei conta de uma coisa. Se a partir do segundo mês Vinícius fez tudo o que fez sem limite pré-aprovado, ele era a prova viva de que minha teoria estava errada. No mundo dele, não havia o cercadinho!

Capítulo 30

O capítulo 1 não me abandona

O maior problema da invisibilidade é que você passa a maior parte do tempo desviando dos outros, e mal consegue sair do lugar. É por isso que recentemente troquei de superpoder. Agora sou a Garota Voadora. Em dias como o de hoje, com o metrô cheio no final de tarde, aproveito as pausas nas estações para voar de um vagão para o outro, reparando no mundaréu de gente espremida. Na rua, sempre voo um pouquinho acima das massas, para ter uma perspectiva melhor. Na escola, durante o intervalo, faço voos rasantes entre os grupos de alunos, depois volto para o topo de uma árvore e fico observando o movimento no pátio. Hoje à noite consegui dar uma esticadinha até o Chile. Uma proeza inédita. Quanto mais alto e longe vou, mais percebo que não precisava ter dado uma de invisível. Vistos aqui de cima, não passamos de formiguinhas ridiculamente insignificantes, andando em fila de um lado para o outro, sempre de maneira ordenada e previsível. Raras vezes uma formiga se rebela. Raríssimas. Mas, quando acontece, é atrás dessa que eu vou, para ver o que acontece. Agora é questão de tempo. Sei que um dia terei idade e o mínimo de recursos para juntar meu corpo à minha imaginação voadora. Então, sim, será o fim das metáforas. Compro a mochila que Vinícius terá vendido para a Mofo & Bolor, visto um gorro vermelho e abro a porteira do meu cercadinho.

Bate-papo com

Índigo

A seguir, conheça mais sobre a vida, a obra e as ideias da autora de Vendem-se unicórnios.

Edson Kumasaka

NOME: **Ana Cristina Araújo Ayer de Oliveira**

NASCIMENTO: 29/08/1971

ONDE NASCEU: Campinas (SP)

ONDE MORA: São Paulo (SP)

QUE LIVRO MARCOU SUA ADOLESCÊNCIA: Foram dois. *A revolução dos bichos*, de George Orwell, e *As brumas de Avalon*, de Marion Zimmer Bradley.

MOTIVO PARA ESCREVER UM LIVRO: Se um personagem começa a me acordar no meio da noite com frases ou situações, então é porque ele merece um livro.

MOTIVO PARA LER UM LIVRO: Se você foi capturado pela história, então ele merece ser lido.

PARA QUEM DARIA SINAL ABERTO: Para os curiosos.

PARA QUEM FECHARIA O SINAL: Para os almofadinhas.

O humor do cotidiano

Ana Cristina Araújo Ayer de Oliveira não nasceu Índigo. O pseudônimo só surgiu quando ela voltou de uma temporada nos Estados Unidos, onde morou quando fez faculdade de jornalismo. Durante o tempo de estudante, Ana Cristina teve vários tipos de emprego, um mais diferente que o outro: **motorista da proprietária de um cassino** em terras indígenas, camareira dos Minnesota Vikings, um time de futebol americano profissional, e degustadora de café, no Café Índigo. Ao voltar para o Brasil, Ana Cristina resolveu adotar **Índigo** como pseudônimo misterioso. E **ser escritora**.

Ganhadora de diversos prêmios, Índigo vem conquistando leitores jovens e adultos com narrativas que não são direcionadas a uma faixa etária definida. Suas histórias, pinceladas por **humor e ironia finos**, são para todos os que gostam de uma leitura inteligente e provocante.

Conheça um pouco mais sobre a autora e sobre os temas que a inspiraram para escrever *Vendem-se unicórnios*.

O principal tema de *Vendem-se unicórnios* é o consumismo. Mas é também a busca do autoconhecimento, a formação de personalidade própria, o amadurecimento. Como surgiu a ideia deste livro?

Eu estava lendo a biografia da cartunista americana Aline Kominsky Crumb, *Need more love*, que tem um capítulo sobre assuntos totalmente femininos como moda, dicas de beleza, cuidados com o corpo. Ali ela dá uma explicação do porquê das mulheres gostarem tanto de fazer compras. Segundo ela, o ato de comprar roupas é uma tentativa de trocar de pele e redefinir nossa imagem. Quando você abre seu guarda-roupa e acha que não tem nada para vestir é porque ou você não se identifica mais com aquelas "peles", ou porque ainda não sabe quem você é e, portanto, toma decisões erradas na hora da compra. Foi em cima dessa teoria que brotou a ideia para o livro.

Em *Vendem-se unicórnios*, a protagonista conta sua história e, conforme lembra dos fatos, volta no tempo para explicá-los ao leitor. Esses *flashbacks* são anunciados de forma bem-humorada nos títulos dos capítulos. Como essa estrutura surgiu no processo de criação do livro?

Como Jackie está mudando de cidade, mudando seu comportamento, mudando seu visual, achei que uma boa maneira de mostrar tantas mudanças seria dando saltos entre passado e presente. *Vendem-se unicórnios* é uma história sobre o antes e o depois, coisa que sempre me fascinou. É como ver fotos de cirurgia plástica, ou de uma rua: sua aparência hoje e, na foto ao lado, no mesmo ângulo, na mesma tomada, a mesma rua há um século. Tentei mostrar essa sensação no estilo da narrativa.

Jackie, Priscila França, Alexandre Gurgel... a maior parte dos personagens adolescentes de *Vendem-se unicórnios* não tem um grande ideal de vida: passam tardes inteiras nos shoppings, vão a baladas e a shows caros, isolam-se ouvindo músicas em seus iPods. Você acha que esse é o retrato da juventude atual? Como sacudir os adolescentes para questões importantes como preservação do meio ambiente, respeito, responsabilidade social?

Eu acho que uma parcela da juventude é, sim, um pouco anestesiada mentalmente. Outra parcela é antenada e revolucionária. Outra, romântica e inocente. E tem uma parcela que é pessimista. Ou seja: tem de tudo. Não acho que adolescentes precisem de chacoalhões, pois o movimento de conscientização, de amadurecimento, não acontece de fora para dentro. Quando acontece de adolescentes despertarem para alguma questão, é por um movimento interno, pessoal e íntimo. A experiência já mostrou que chacoalhões externos não funcionam. E, na verdade, não acho que em questões ambientais e sociais os adolescentes sejam muito diferentes de velhos, adultos ou crianças. Estamos todos no mesmo barco.

Em uma entrevista, você definiu seus personagens como "crianças que têm um pouco de adultos e adultos com certa dose de loucura". Como você os constrói?

Meus personagens ganham vida quando encontro a maneira como eles falam. Preciso ouvir a voz deles, o timbre. No fundo, todos seguem uma receita que é a mistura de traços da minha própria personalidade com elementos que pego emprestado de amigos e conhecidos.

A certa altura da história, Jackie percebe que ela e Priscila não são amigas de verdade. Ela não passa de um bichinho de estimação da menina. Ao definir esta amizade, poderíamos dizer que Priscila transformou Jackie em uma mercadoria? O que essa relação reflete? O consumo substitui a criação de laços afetivos?

Vejo isso acontecendo em vários meios. Nas relações comerciais, em que as pessoas ficam pouquíssimo tempo trabalhando numa empresa e

Consciência cotidiana

Você sabia que a capacidade do planeta de se autossustentar foi superada em 1984? Segundo a WWF (*World Wildlife Fund for Nature*), com o ritmo de consumo atual, são necessários recursos naturais de cinco planetas para nossa sobrevivência. Zefa se assustou com razão ao saber a quantidade de água usada para a fabricação de uma calça jeans: 10.850 litros. Conscientizar-se e consumir apenas o necessário é uma ação diária e começa no mercado: levar a própria sacola para evitar o uso de sacos plásticos descartáveis, não comprar produtos em embalagens de isopor, escolher produtos orgânicos e incentivar a produção de pequenas propriedades agrícolas, comprando diretamente de cooperativas, são algumas soluções que ajudam a natureza.

Conversar para se entender

Ser adolescente não é nada fácil. Ainda mais nos dias de hoje, em que tanto se preza a *máscara* da jovialidade, mas não se dá ouvidos ao que o jovem tem a dizer. Num mundo em que a mercadoria está mais presente do que o diálogo, a formação da personalidade é quase sempre solitária. Fácil cair em armadilhas do consumo e transformar o cartão de crédito em passe para ser aceito numa turma, como fez Jackie. Qual a solução? Não há uma fórmula para o amadurecimento, mas conversar com pessoas mais velhas, como os pais e professores, expondo dúvidas e pontos de vista, é uma boa dica. Além disso, escolher uma turma de amigos de verdade, em que os afetos e as afinidades entre si sejam mais importantes do que as aparências, é fundamental. A adolescência é uma fase de ganhar as ruas, experimentar, conhecer o outro, participar... coisas muito maiores do que o limite de um cartão de crédito.

já passam para outra, nos casamentos-relâmpago, nos relacionamentos virtuais, baseados em pura fantasia. As pessoas estão virando mercadoria, e o que é pior, uma mercadoria barata e descartável. Acho também que o consumo pode gerar uma enorme sensação de bem-estar. É fácil entrar na alegria histérica que ele proporciona. Vejo isso acontecendo com muita frequência no Brasil, e é algo que me assusta bastante.

O consumismo desenfreado de Jackie diz muito sobre o meio em que vive (o pai *workaholic* e ausente, a mãe passiva, a irmã bem resolvida, a dificuldade de adaptação em uma nova cidade) e, obviamente, sobre ela (timidez, vontade de ter uma turma e um namorado legal). Consumindo, a menina só pensa na pessoa legal em que se transformará. Há muitas Jackies por aí?

Que haja muitas Jackies por aí, eu até entendo. Adolescência serve justamente para tentarmos entender quem somos. O que me espanta é que haja adultos se comportando dessa maneira.

3. Quando Jackie é humilhada por Alexandre Gurgel e Fábio França na piscina, pede ajuda para Priscila, que a ignora. Jackie percebe que a amizade entre elas nunca foi verdadeira. Cite passagens da narrativa em que isso é evidente.

B. Respeitando a si mesmo, conhecendo o mundo

4. A forte gripe que deixa Jaqueline de cama pode ser considerada uma espécie de rito de passagem. Você concorda com essa afirmação? Por quê?

5. Como você classificaria o sentimento de cada uma das três personagens abaixo em relação à Jackie?

a. Zefa:

b. André:

c. Avô Johan:

6. Quando Jackie se afasta de Priscila França, toma algumas atitudes que mudam o modo de encarar sua vida. Leia as alternativas abaixo e escolha as corretas:

( ) Quando os pais de Jackie descobrem o quanto ela gastou, cancelam o cartão e cortam sua mesada. Em protesto, Jackie vai morar na casa de Priscila França por uns tempos.

( ) Jackie vai visitar a Expoflora, em Holambra, com a família. Conversa com o avô e percebe que há coisas que o dinheiro não compra.

( ) Ao se afastar de Priscila, Jackie conhece pessoas novas, com jeitos diferentes de ver a vida.

( ) Jackie decide procurar André e dizer que quer voltar a namorá-lo. O menino fica surpreso com a aparição de Jackie – e também feliz. Eles voltam a ficar juntos.

7. Na entrevista no final do livro, Índigo afirma que "as pessoas estão virando mercadoria e, o que é pior, uma mercadoria barata e descartável". Como Jackie reverteu essa situação? Em que se apoiou para não levar mais uma vida vazia e fútil?

8. O consumismo sem limites está diretamente aliado à destruição do meio ambiente. Selecione abaixo, dentre estatutos reais, os que mais se aproximam das queixas que Zefa faz à Jackie:

( ) O potencial de crescimento da chamada "classe de consumidores globais" é maior nos países e economias em desenvolvimento. Sendo assim, muito provavelmente, as corporações vão centrar seu foco, nas próximas décadas, na expansão dos mercados consumidores dos países em desenvolvimento como China, Índia, Brasil, Paquistão e Indonésia.

( ) O planeta dará conta de sustentar tal volume de consumo? O planeta terá capacidade de fornecer recursos naturais se o consumismo continuar neste ritmo? Como ficará a capacidade de regeneração dos ecossistemas?

( ) Toda a febre de consumo se materializa em riscos socioambientais que aumentam as vulnerabilidades das sociedades, aumentando a violência, a obesidade, a contaminação ambiental, os congestionamentos, o stress e a diminuição do tempo disponível para a vida pessoal.

ATIVIDADE ESPECIAL

Campanha por menos consumistas

A história de Jackie é ficcional, mas não está nada longe da realidade. Há milhares de pessoas que, todos os dias, consomem sem pensar no prejuízo que causam a si mesmas e ao planeta.

Pensando nisso, converse com seus colegas para juntos elaborarem uma campanha de **consumo consciente**. A campanha deve ter várias frentes (vocês podem elaborar cartazes, tirar fotos, montar um blog ou um site, fazer um vídeo) e englobar diversas faces negativas do consumo.

É só lembrar as experiências vividas por Jackie. O consumo inconsequente revela **pessoas inseguras** e imaturas, que buscam nas lojas sua própria personalidade; causa **danos ao meio ambiente**, gerando lixo e desgaste dos suportes naturais; impede que pequenas populações vivam da venda de sua produção local, já que é mais rápido e fácil comprar produtos industrializados em hipermercados.

Depois de tudo pronto, vocês podem convidar as outras turmas para apresentar a campanha, fazendo com que todos percebam a **urgência** de um consumo consciente.

Agora o escritor é você

Quando descobre que pode alargar seu "cercadinho", Jackie começa a fazer planos diferentes, imaginar novas vidas e expandir seus campos de interesse.

Imagine o que acontecerá com a menina daqui a dez anos: quais terão sido suas escolhas? Será que ela ainda terá as mesmas dúvidas e a mesma personalidade expostas em *Vendem-se unicórnios*?

Entre na pele da personagem e escreva uma carta contando à Zefa quais são as novidades de sua vida.

A. Uma história (de vida) entrecortada

1. A estrutura da narrativa de *Vendem-se unicórnios* é pouco linear. Às vezes, a trama dá um salto para o futuro, depois retorna e explica algo que, aparentemente, a narradora-protagonista deixou escapar.

a. Numere os acontecimentos seguindo a ordem cronológica:

( ) Jaqueline corta o cabelo e adota um visual mais ousado.

( ) Jaqueline e sua família se mudam para São Paulo.

( ) Jaqueline se aproxima de Priscila França.

( ) Festa na casa de Alexandre Gurgel, em que Jaqueline se sente isolada.

( ) Jaqueline conhece André.

b. No enunciado da questão anterior, coloca-se que a narradora-protagonista "deixa escapar" certos fatos da narrativa e volta no tempo para explicá-los. Analisando a estrutura de *Vendem-se unicórnios*, você acha que esses esquecimentos são falhas ou são propositais?

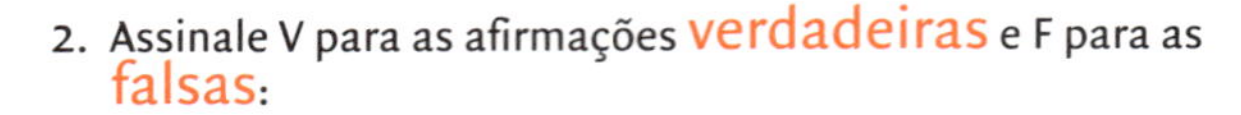

2. Assinale V para as afirmações verdadeiras e F para as falsas:

( ) As irmãs Zefa e Jackie, apesar de gêmeas, são quase o oposto no que diz respeito à personalidade.

( ) No começo de sua amizade com Priscila França, Jackie, querendo se enturmar, acaba acompanhando a amiga em seus gastos.

( ) A camiseta de unicórnios que Jackie compra logo na primeira ida ao shopping com Priscila França torna-se um marco para a garota. Depois dela, Jackie acha que pode gastar o que quiser.

Da mesma forma que Jackie é consumista voraz, Zefa, sua irmã, se torna ecologicamente engajada ao extremo. Um dos únicos personagens que parecem equilibrados é André, o primeiro namorado de Jackie. Qual o diferencial dele em relação aos outros?

André consegue sair dos fatos rasteiros, cotidianos, e sonhar com outros mundos possíveis. Ele é um cara que não está preso no material e consegue enxergar além do cotidiano. Um exemplo disso é a cena do parque, no último encontro com Jackie, antes de começarem as aulas, em que ele propõe uma fuga da realidade, a construção de um mundo só dos dois, perfeito. Creio que é essa habilidade que faz dele um garoto equilibrado.

Quando Jackie começa a se conhecer melhor e a se aceitar, ela se torna autêntica. Não tem mais vergonha do artesanato que sua mãe faz, de seus amigos "esquisitos", muito menos de tocar gaita e de frequentar a biblioteca da escola. Qual é o papel da arte e da literatura neste processo de autoconhecimento que, afinal, é comum a todos?

A arte, e a literatura como um "departamento" específico nesse campo criativo tão abrangente, é um lugar confortável e acolhedor para os esquisitos, os perdidos, os que se sentem deslocados. A arte permite que essa confusão que temos naturalmente dentro de nós ganhe um propósito. Quando pegamos o material bruto emocional e damos forma a ele, é como se passássemos por um serviço de tradução. O caos começa a ganhar sentido.

Mais dia menos dia, todo mundo conhece o limite do seu "cercadinho", como Jackie, e decide se vai ultrapassá-lo ou não. Como foi essa percepção para você? E que dica daria aos leitores deste livro?

Desde pequena, tudo o que eu mais queria na vida era ser independente e livre. Acho que como esse desejo surgiu muito cedo, a saída foi apelar para a imaginação. Desenvolvi uma vida fictícia bem vigorosa. Sem dúvida, o mais difícil da adolescência são as proibições e limitações. A gente se sente numa prisão eterna, com a sensação de que jamais escaparemos. Bem, um dia você escapa, quando menos espera. As pessoas mais sábias que conheço são aquelas que aprenderam a viver sem ansiedade, curtindo cada dia e cada momento, pois, na verdade, isso é tudo que temos.

Obras da autora

PELA EDITORA ÁTICA

Amizade improvável (juvenil, com Ivana Arruda Leite e Maria José Silveira, 2008)

POR OUTRAS EDITORAS

Saga animal (juvenil, 2001)
Festa da mexerica (contos, 2003)
Belo Horizonte e a invasão dos Zurungh-Xilik (infantil, 2006)
Como casar com André Martins (juvenil, 2006)
Cobras em compota (contos, 2006)
O segredo do vô Juvêncio (juvenil, 2006)
Perdendo perninhas (juvenil, 2006)
A maldição da moleira (juvenil, 2007)
O livro das cartas encantadas (juvenil, 2007)
Um dálmata descontrolado (juvenil, 2007)
As barbas do profeta (infantil, 2008)
Férias merecidas (infantil, 2008)
Leonardo Da Vinci: o menino que queria voar (infantil, 2008)
Mutações (infantil, 2008)
O cão de três patas (infantil, 2008)
O colapso dos bibelôs (juvenil, 2008)
O quarto pato (infantil, 2008)
Pulga na lupa (infantil, 2008)
Aki pode (juvenil, 2009)
O pinguim tupiniquim (juvenil, 2009)
Casal verde (infantil, 2009)
Moscas metálicas (infantil, 2009)
Gagá: memórias de uma mente pirilampa (infantil, 2010)